风起龙子湖畔

张效永 著

时代出版传媒股份有限公司
安徽文艺出版社

图书在版编目（ＣＩＰ）数据

风起龙子湖畔 / 张效永著. -- 合肥 ： 安徽文艺出版社, 2025. 1. -- ISBN 978-7-5396-8153-5

Ⅰ. I267

中国国家版本馆 CIP 数据核字第 202418LS03 号

风起龙子湖畔
FENG QI LONGZI HU PAN

出 版 人：姚　巍
责任编辑：秦知逸　　　　　　　封面设计：李　超

....

出版发行：安徽文艺出版社　www.awpub.com
地　　址：合肥市翡翠路 1118 号　　邮政编码：230071
营 销 部：(0551)63533889
印　　制：永清县晔盛亚胶印有限公司　　(0316)6658662

....

开本：700×1000　1/16　印张：12　字数：105 千字
版次：2025 年 1 月第 1 版
印次：2025 年 1 月第 1 次印刷
定价：69.50 元

....

目录

壹　春风十里

风起龙子湖畔 / 3

序篇：美丽邂逅 / 3

龙湖传说 / 8

珍珠由来 / 11

雪华风情 / 14

古冢松涛 / 19

湖上明月 / 22

三月"兰"花开 / 25

向阳花木易为春 / 33

散作乾坤万里春 / 38

万紫千红总是春 / 44

贰　夏日蝉鸣

淮河岸边 / 53

悠悠淮河水 / 59

涂　　山 / 68

叁　流年笑掷

重　　山 / 83

年　　味 / 88

白　珍　珠 / 92

紫　竹　梅 / 97

马　蹄　莲 / 102

玖　　年 / 107

向来缘浅奈何情深 / 107

心里有城　城中有河 / 110

城中有景　景中有情 / 113

所去经年　永如初见 / 117

爱我所爱　无问西东 / 121

肆　源远流长

禹会涂山，夏兴之地 / 125

我读《山海经》之失落的天书 / 138

九 尾 狐 / 141

凤　　凰 / 145

西 王 母 / 148

上古四大凶兽 / 153

窫　　窳 / 157

独 角 兽 / 161

文鳐鱼与鸾鸟 / 165

我读《山海经》之遗失的文明 / 171

成书之谜 / 173

羽人传说 / 179

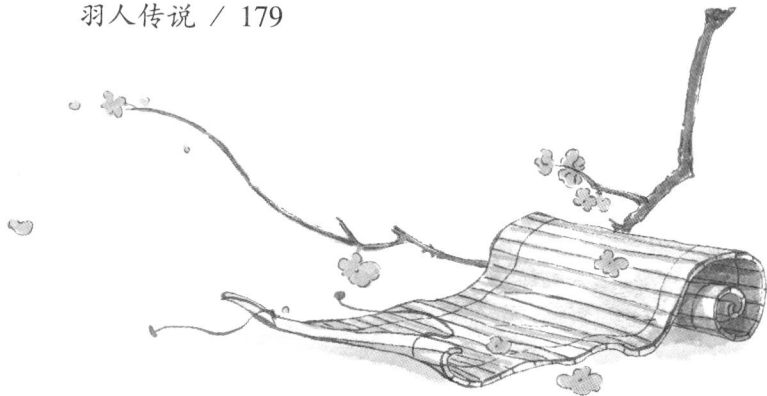

3

壹　春风十里

风起龙子湖畔

序篇：美丽邂逅

　　我喜欢热闹，更喜欢独处。好友说我幸福指数低，其实对我而言，幸福有时真的很简单：给我一张桌、一本书，独享一段清浅、静谧的时光，远离各种应酬和喧嚣，完全沉浸在自己热爱的恬静世界里，就是幸福。我常常想起一个词——沉潜。你只有面对灵魂深处的孤独时，才能更好地思考人生，以达到蜕变和重生。同样，如果想写好一处景致，抑或一段经历，也需要静下心来，专注于它。我觉得，始终追求"手执烟火以谋生，心怀诗意以谋爱"，才是真正积极的人生态度，有一种别样的幸福。

时有节序，岁月无痕。不知不觉间，又是一年西风起，秋到珠城翠微深。

来蚌埠已十二个春秋，真正认识龙子湖却是在最近两年。人的一生总要走很多路，可能会游历很多名山大川，但是，真正能走进我们心里的景致又能有多少呢？诸如朱自清的荷塘、徐志摩的康桥、李乐薇的空中楼阁……如果不是身临其境、物我交融，怎能写出如此美妙的景致！在文章《玖年》里我写过龙子湖，却是囫囵吞枣，没有写出她的神韵，留下了牛嚼牡丹的些许遗憾。这两年，我喜欢沿龙子湖晨跑，时光不语，却使我把龙子湖畔最美好的时刻定格成了自己心中的永恒，龙子湖在我脑海中的影像也渐渐清晰起来。就像舒洁诗中所写："我开始相信等待，隔着夜色，我在龙子湖畔，阅读另一种沧海。"偶尔我也会有捉笔舒纸的冲动，大概是朝夕相对、日久生情的缘故吧！因此，我常常将"杭州西湖，蚌埠龙子湖"并提，以年初的一首诗为证：

一湖碧水依青山，

万丈晨光破晓寒。

古今线界分南北，

不逊西湖扬蚌帆。

龙湖传说

龙子湖三面环山，山水相依，呈现出曹山、雪华山、芦山"三山夹一湖"的旖旎风光。湖面水光潋滟，浩浩汤汤。湖的北面，与千里淮河隔堤相望，吞吐有序；湖的南面，有大小九条沟渠，素称"九龙水汇注而成"的龙子河，是龙子湖的发源地。湖之南现建成中国蚌埠古民居博览园——湖上升明月，太湖世界文化论坛年会永久会址今年五月落户于此。

龙子湖有很多美丽的传说故事，历史上，也曾留有"曹湖"的名字。但在相当长的一段历史时期内，它是没有名字的，因为当时它被作为淮水古道的一部分。

相传，早在远古时代，淮水与涡水在蚌埠地区相遇，洪水在涂山以南漫流，蚌埠地区除钓鱼台等几块高地外，几乎是一片汪洋。涂山也成为洪水之中的孤岛，蚌埠西南的席家沟和东南的龙子湖都曾成为淮水古道经过之处。后来，大禹劈山导淮，使淮水改道穿过荆涂山峡，沿着涂山以北蜿蜒东流。淮水虽已北去，但龙子湖这块低洼地仍然留下了天然优良的水面。同时，来自东芦山、西芦山、梅花山、凤凰山、马益山等丘陵山岗之间的许多涧湾的水流也汇注于此，形成龙子河，每逢丰水季节，下游就成为湖面，故龙子河改称"龙子湖"。但是，明朝天启年间的《凤阳新书》记载，这里原是一片洼地，淮水倒灌直至徐家桥，一片汪洋，由此形成了湖面。是先有"河"，还是先有"湖"，我们暂不去下定论，相信两种说法各有道理。龙子湖的形成并不是一蹴而就的，而是经过了历史的沧桑巨变，才孕育了今天这幅城市、山水、人文相得益彰的天然画卷。

龙子湖名字的由来，以及周边三山名字的变更，烙刻着汉代文化和明代文化的显著印记。据传，龙子湖原名曹湖，湖东岸的双峰叫曹山，因汉代末年至三国时期，曹操曾在此练兵而得名。龙子湖南面二山，因吴国著名将领鲁肃在此驻兵建城，人称"东鲁山"和"西鲁山"（后因芦姓居民迁入居住改称东、西芦山），现仍遗存当年打造兵器、储存粮饷的四个大坑和鲁肃养花所用的水井。这些遗址、遗存形成了淮河流域三国时期重要的文化遗存。

龙子湖的得名有两个传说：一说龙子湖东岸曹山的西

北和西南各有怪石裸露绵延数十丈，远远望去，犹如两条蛟龙顺山而下，欲到湖中戏水，由此引出"双龙行雨"、解除旱情的神话，故当地人把曹山改名为"双龙山"，将曹湖更名为"龙子湖"。二说朱元璋少年时，经常在凤阳至蚌埠一带游历。一日，行经龙子湖，划船时撑竿掉进了湖中，化龙升天，故将此湖更名为"龙子湖"。曹山南峰半坡有明朝开国大将——东瓯王汤和之墓。位于龙子湖畔东北面的千年古镇长淮卫，明代曾被定为中都八卫之一。这些遗迹与明朝开国历史也有着千丝万缕的联系。

珍珠由来

龙子湖是"古采珠之地"。淮水古道北去后，龙子湖留存下来的水水流平缓，河岸较浅，泥沙淤积，成为淮河段盛产河蚌的良好水域。我国现存第一部记载上古事件的文集《尚书》记载："泗滨浮磬，淮夷玭珠暨鱼。"玭即蚌的别名，此蚌生珠。西周时期，淮夷已将珍珠作为贡品。

沧海桑田，悠悠千载，也许人们早已淡忘了龙子湖曾是洪荒年代的淮河古道。到了明代，在蚌埠以南，凤阳府通往怀远的官道，要经过龙子湖的一座小石桥（现位于湖上升明月南门东侧），因桥下水中盛产河蚌，人们往往在此取蚌采珠，故将这座桥称为"珍珠桥"。后因当地徐姓寡妇捐修，改称"徐桥"。清代乾隆年间《凤阳县志》记载："今凤阳长淮卫至蚌埠二十里内，土人取蚌，往往得珠。"龙子湖正在其间，被称为"古采珠之地"。20 世纪 70 年代，为打通蚌埠向东的出口道路，沿胜利路向东穿过龙子湖，修建了一座连接雪华山和曹山的公路大桥，重新命名为"珍珠桥"。今天的珍珠桥下，因湖水水质优良，建有河蚌养殖场，仍然是采珠之地。老徐桥已不复存在，此"珍珠桥"已非彼"珍珠桥"，但蚌埠人不会忘记它给这座城市带来的珠光宝气。蚌埠至今仍雅称"珠城"，即"珍珠城"的简称。

每逢清晨，日出曹山，置身于珍珠桥上，远眺湖光山色，绿柳碧水，不经意瞥见珍珠桥下一排排银白色的育珠浮球，在绚丽的晨曦中闪闪发光，十分耀眼，如琼楼玉宇，美轮美奂。

雪华风情

　　龙子湖被珍珠桥和龙子湖大桥分为三部分，由北到南依次是珍珠桥以北至淮河水域、两桥之间水域、龙子湖大桥以南水域。珍珠桥以北水域靠近淮河处有一条很大的沟渠，渠上建有一座闸。当淮河在枯水期，龙子湖水位高于淮河水位时，会打开闸门，让积蓄的龙子湖水注入淮河，补给清澈的水源；当淮河在汛期，水位高于龙子湖水位时，会及时关闭闸门，防止淮水倒灌，污染龙子湖水或者淹没两岸。

　　位于龙子湖西岸两桥之间的山是雪华山，分南北双峰，海拔均在40多米，与曹山隔水遥遥相对。随着城市的建设和发展，雪华山逐渐成为城中山，为宜居宜业宜游的城市平添了鲜活的自然元素。蚌埠市广播电视台和文化馆均建于山上，成为蚌埠标志性的景观。

　　雪华山东山脚下有一塘，是蚌埠市冬泳基地，为市民一年四季游泳戏水的好地方。相对于雪华山东山的水塘，我更喜欢水塘边的亭，自从我喜欢上跑步以后，才知道环湖跑的队友们都美其名曰"超马亭"，这亭成为大家环湖跑的起、终点。如果选择环"小湖"，路程就是珍珠桥和龙子湖大桥东西两岸之间的距离，大概 7 公里，适合大众运动需求；如果环"大湖"，路程就是珍珠桥和湖上生明月东西两岸之间的距离，大概 21 公里，正好一个"半马"，适合竞技运动需求。"超马亭"不仅是计量的参照物，也是存放衣物、补给的好地方，毋庸置疑成为运动爱好者的最爱。

雪华山北山脚下胜利路北侧，建有以淮河文化为主题的淮河风情园，园中以古代图腾柱的形式，将日月星辰、山川龙凤有机地组成一组气势磅礴的大型雕塑群，点缀着清澈的池水，钟灵毓秀。更是建有大禹雕像，神态威严肃穆，它的四周分布着九座古鼎雕塑，寓意禹铸九鼎、一统华夏，体现了"禹风厚德，孕沙成珠"的蚌埠城市精神。整个风情园偏居于龙子湖一隅，给人一种大隐于市之感。

顺着雪华山，沿龙子湖畔往南，建有驳湾、绿岛、沙滩、水上乐园、游船码头、瞭望广场、婚庆广场、花好月圆、四季风韵、浪漫草坪、山水平台、双龙再现等景点，也不乏茶馆、酒馆、咖啡馆，成为人们休闲健身和游览观光的好去处。等到春天，玉兰、桃、李、海棠、杏花、牡丹等花竞相开放，晚间华灯闪耀，漫步龙子湖畔，水中光影斑斓，浮光跃金，与明月交相辉映，顿时可以体会到"掬水月在手，弄花香满衣"的意境。这几年，龙子湖生态环境更加好了，常年栖居许多人们熟悉或不熟悉、常见或稀有的鸟，它们或隐匿草丛，或跃上树梢，或穿梭林间，或掠过湖面，鸟鸣声声唧啾婉转，共享这片幸福的港湾。前些日子，龙子湖畔空降了两个"贵客"——黑天鹅，吸引了人批游客。

大家都知道秦岭—淮河线是中国南北方的分界线，而蚌埠又位于淮河的中段，值得一提的是，庄严巍峨的中国南北分界标志"火凤凰·龙"雕塑就建在龙子湖畔，直指天际。它的中部由八根钢管组成，四根蓝色钢管指向北方，象征气候寒冷；四根红色钢管指向南方，象征气候温暖。钢管中间有一颗青铜珍珠，喻指蚌埠地处南北之间，集南北、天地灵气于一体。雕塑顶部是一只飞腾的龙，契合龙子湖的传说；底部按东、南、西、北四个方位分别设青龙、朱雀、白虎、玄武上古四大神兽雕塑，意镇守四方。那部轰动全国的《印象蚌埠》中说："北方说你是南方，南方说你是北方，北方和南方牵着手，站在高高的淮河岸上。"
"火凤凰·龙"作为南北分界标志，意义非凡。纵观蚌埠市
的社会生活风貌，人们可以真切感受到南米北面、南茶北
酒、南甜北咸，在这里既有地域风情的迥异，又与自然完
美地融为一体。

中国南北分界标志

古冢松涛

龙子湖东岸有南、北双峰呈马鞍状，叫曹山，也叫双龙山，现胜利西路从双峰之间穿过。

曹山北峰海拔 103.2 米，其西坡建有庄严肃穆的蚌埠市革命历史陈列馆。馆内陈列着系统完整的各种革命史资料，反映出从辛亥革命到新中国成立期间，蚌埠地区人民积极投入革命斗争的历史，介绍了中国军队和在抗日战争、解放战争中牺牲的革命烈士，向前来瞻仰的人们讲述着中国军队和人民艰苦卓绝的革命历程，告诉大家美好生活的来之不易，要倍加珍惜。每逢清明前后，都有成千上万的人前来瞻仰，以各种不同的方式表达对革命先烈的无尽哀思，这里成为蚌埠市进行革命传统和爱国主义教育的基地。

曹山南峰海拔 63.3 米，其北坡是汤和墓古迹园。汤和是凤阳人，和明太祖朱元璋是儿时玩伴，同乡好友。元末随朱元璋起义，在开创大明王朝过程中屡建战功，也是我国著名的抗倭英雄，官至信国公，死后被追封为东瓯王。

其墓依山傍水，面朝龙子湖，背靠曹山南峰，水光山色交相辉映。其墓室为大型单券砖石结构，分前后室和一侧室，墓前建有享殿以祭悼汤公。享殿前方是长 225 米的神道，神道两侧有 6 对石马，侧立牵马士、跪羊、坐狮、执圭文臣、按剑甲士等石像雕塑，忠实地守卫着这位明代开国功臣，彰显着其无比的威严和荣耀。

此外，汤和墓古迹园陈列着从墓室中出土的一百多件珍贵文物，其中有一件元代青花瓷罐，造型优美，花纹清秀，瓷质细腻，工艺高超，被定为国家一级文物，是蚌埠博物馆的五大"镇馆之宝"之一，曾多次被安徽省博物馆和中国历史博物馆调展。

湖上明月

龙子湖西岸、龙子湖大桥两侧建有竹园，四季常青，堪称一绝。每逢晨雾缥缈的日子，行走其中，出尘脱俗，宛如在仙境一般。龙步桥是连接龙子湖大桥两侧景区的水上栈道，曲折蜿蜒，设计精巧。通过龙步桥，来到大桥南侧的露天广场，广场上耸立着几座银白色风帆造型的雕塑，好像一艘艘乘风破浪的航船，又像一个个巨大的河蚌壳，给人"浩渺行无极，扬帆但信风"的力量感。广场往南是"湖山在望"景点，在此放眼望去，可见宽阔的湖面、朦胧的远山、豪华的龙子湖水上体育公园计时计分塔、美丽的湖上升明月，风景如诗如画，令人胸怀豁然开朗，心旷神怡。龙子湖东岸，由龙子湖大桥向两侧延伸，建造了大量的游乐设施、大片的草坪和沙滩，景观设施与自然风光完美地融为一体，成为市民休闲游玩的好去处。湖边上矗立着"金山银山不如绿水青山"几个大字，蔚为壮观，也时刻提醒大家高质量发展和环境保护的重要性。

　　龙子湖的南端，建有中国蚌埠古民居博览园——湖上升明月，它是由"450多栋不同年代、不同地区的古民居建筑群落，24座形态各异的古石桥和1万余株古树名木"等构成的中国古建筑露天博物馆。它是一个抢救、保护散落古民居并将其集中重建的大型文化旅游项目，具有很强的观赏性和不可复制性。风起龙子湖畔，礼迎天下宾客。以"文明互鉴：共筑人类命运共同体"为主题的太湖世界文化论坛第六届年会近日将在这里举办，这是值得所有蚌埠市民自豪的一件大事。相信这次盛会必将促进不同文明交流互鉴，和中华优秀传统文化发扬、传播。

　　秋雨中行于龙子湖畔，伴着湖风，隔着夜色，倾听雨声，仿佛感受到了新的呼唤，那是"我辈勤勉励，乘风好行舟"的呐喊，又是"生活不在别处，当下即是全部"的叮咛。沉醉于无边的湖光山色中，又感受到一份责任与担当……

——作于2021年10月7日

三月"兰"花开

过了惊蛰，我把阳台上的花草修剪一番。阳光透过窗棂，缓缓铺展了一地金黄。那些欢喜的花草，一边嗅着阳光的味道，一边等待生长的好时机。

我是一个非常幸运的人，好像从没有错过花开，哪怕经过漫长的等待。

这几年，养了很多平凡的花草，有的甚至叫不上名字，而恰恰是它们带给我无穷的欢喜。这些花草，大多是由好友馈赠的枝杈扦插而活，它们都在努力生长，一如奋斗的青年，不曾辜负和错过花期。我认识那几盆兰，但分不清是兰草还是兰花，索性都叫它们"兰"。

古人多爱兰，韩愈咏"兰之猗猗，扬扬其香。不采而佩，于兰何伤"，李白吟"为草当作兰""兰秋香风远"……
我不敢说爱兰，因为说爱兰的人太多！

在我的花草中，有一盆墨兰，去年3月份仅开一枝花，今年立春刚过，竟然冒出五枝花蕾，我一时暗暗欣喜，静待花开。也许，正应了那句话：追求快乐的人生不在于"快乐"二字，而在于追求的过程。无疑，等候的过程是快乐的。

墨兰的叶片宽大厚实，叶茎一体，侠骨铮铮。花语淡泊高雅。有元代元梅诗为证："飞琼散天葩，因依空岩侧。守墨聊自韬，不与众草碧。"花茎一点点长高，花蕾一天天饱满，其上挂着晶莹的水珠。

那段时间，正值全国上下众志成城抗击疫情的关键时期，我一边居家隔离线上办公，一边参加社区志愿者队伍冲向一线，闲暇时就看书、写作，为白衣战士和基层一线人员加油鼓劲。我的内心充满了丰富的宁静，放慢的生活节奏能够让我更好地思考人生。2月14日晚，我写下了散文诗《风，从东方吹来》，先后在《蚌埠日报》等媒体发表，后又被推荐到"学习强国"平台。原文如下：

我不知道风，是从哪一个方向吹——我是在梦中徘徊。

等春天归来，风从东方轻润。雨洗长空，风拂云轻。你是否还记得那个严冬？新冠肺炎疫情席卷全国，我们一时惊慌失措，战战兢兢。是党中央英明决策，扭转乾坤，带领人民同时间赛跑、与疫情搏击！

等春天归来，风从东方寒暄。土唤草苏，风催雪融。你是否还记得那些白衣战士？他们毅然写下请战书，按下红手印，告别父母，告别爱人和儿女，投入没有硝烟的战斗，用生命守护生命，用心灵浸润心灵，用热血书写人生。

请记住——他们，是最美逆行者。

等春天归来，风从东方温存。雨润花红，风抚柳绿。你是否还记得那些英勇的子弟兵？召必回，战必胜。哪里有危难，就往哪里冲，总能在疫情第一线看到他们的身躯。他们赤胆忠心，奋不顾身，护佑着我们家国的峥嵘。

请记住——他们，是最可爱的人。

等春天归来，风从东方依洄。江流婉转，风依月晕。你是否还记得那些熟悉的面孔？他们是孩子的父母，也是父母的孩子。他们是公安，是公务员，是志愿者，是社区员工，是左邻右舍……是他们，日夜奋战，挖筑了社区防控疫情的"防空洞"。

请记住——他们，是最可敬的人。

等春天归来，风从东方呢喃。燕语话暖，风鸣松涛。你是否还记得那份沉痛的名单？素昧平生，却令我们敬之肃然；萍水相逢，常让我们热泪涟涟。在疫情面前，就是这些英雄挺身而出，奋勇向前，用自己宝贵的生命，为我们撑起一片静好的蓝天。

请记住——他们，是"人民的英雄"。

等春天归来，风从东方熏染。湖光潋滟，莺飞燕舞，你是否还记得那段煎熬的岁月？殷忧启圣，多难兴邦，居安思危，前事不忘。

请记住——那些人，那些事，那东风归来的不易，那和风煦暖下的冰雪消融。

　　我们都终将知道：风，会从东方吹来，春天
终将战胜严冬，繁花定会开满枝头——我，不是
在梦中！

　　每当遇见久违的阳光，我就仿佛置身于冬日里的春天，
始终保持一颗安定清净、淡泊娴静的心，何必管窗外的阳
光、雨雪和风霜？

　　3月初的一个晚上，阳台上隐隐飘来淡淡的香，我心中
一阵窃喜：墨兰花开了，竟然有几十朵之多！那披纷的金
紫色的瓣，那茸茸的嫩黄的蕊，灿灿地悬于枝茎上，似高
贵的仙子漫步人间，又像正翩翩起舞的蜂蝶，飞入我心，
馨香醉人，沁人心脾。

　　花草中还有两盆形态迥异的吊兰：一盆是宽叶吊兰，
翠绿色的叶片阔大丰盈，蓊蓊郁郁，带给人满满的生机与
活力；另一盆是银边吊兰，叶片略窄，叶边呈白色，就像
工笔勾勒出的一道银线，十分抢眼。它们置身室内，不与
百花争春，不与群芳争宠，静静地、优雅地环视万物，芳
馨自知。但其生命力之顽强却令人盛赞——只需充足的水
分，就迅速生长。

一直以来，我以为吊兰是不会开花的。直到那天，我无意间瞥到几朵小花竟然开放在枝头，不仔细看真不易发现，凑近，几乎嗅不到任何香味。无疑，我是幸运的。

吊兰是普通的。但它不会因其普通而黯然神伤，更不会因其普通而放弃开花。3月里，它毅然绽放自己生命的美丽。

在我心中，普通的吊兰是美丽的。细细想来，世上的花草树木哪有美丑之分呢？不都在于我们发现的眼睛和观赏的心境吗？心若向阳花自开，人若向暖清风来。

喜欢在平凡的日子里，沏一杯茶，伴一本书，邂逅一朵花开。当身陷困境时，我也坚信自己会有花开的季节。

我终于明白阳明先生那句话："常快活，便是功夫。"快乐不快乐与外部环境没有太大的关系，主要在于内心；快乐也无需富贵，它就住在我们每个人的心中，是内心深处的富足，像一缕清纯的阳光，既可以照亮自己，也可以辉耀周围人。

还有一种"兰"花，不在我的花草之列，甚至不在我们一般认识中的"兰"之列。市政府北门的曹凌路是我上下班的必经之路，路两旁栽着两排白玉兰。

那天，我从树下走过，被那一树树洁白而又美丽的花朵惊艳，沐浴在馨香中，就这样站在树下端详了良久。满树的花，没有任何讯息，竟悄悄地开了。我实在是很幸运。

每一朵花都落落大方地绽放，那么温润饱满，那么晶莹剔透，如在白雪中浸润过一般纯洁，又像用汉白玉雕刻的一般高雅。即使枝干尚暗，没有绿叶陪伴，也挺起胸膛，坚定地向世人报告春来的消息，展示自己的伟岸。

我感慨于造物主的伟大和生命的美丽，每一朵花都在认真地开着。它们的生命只有这一次，为了迎接生命中唯一一次的春天到来，只争朝夕，不负韶华。

看着看着，我眼前幻化出无数抗击疫情的白衣战士，他们毅然吹响冲锋号，奔赴那没有硝烟的战场。他们不正是这朵朵白玉兰花的化身吗？救死扶伤，大爱无疆；白衣执甲，力挽狂澜。他们迎着光向前冲，用生命诠释了医者仁心，用行动践行了铮铮誓言。

我似乎明白了，白玉兰是属于我的，也是属于他们的，更是属于每一个甘于悄悄盛开、敢于迎风绽放的人的。

——作于 2020 年 3 月 12 日

向阳花木易为春

晴空万里红霞早，

碧水千寻曲径幽。

燕舞莺歌锦鲤跃，

桃红柳绿杏林羞。

和风细雨春意漫，

影树曲堤少年游。

等闲消却寒冰日，

河岳盈怀一登楼。

——《春日抒怀》

盼着念着，春天终于如期而至。这是一个久违的春天。

清晨，被窗外的莺歌燕语唤醒，沏一杯茶，伴一本书，陪着阳台上的花草一起晒太阳，掬一捧阳光放在掌心，尽情享受这静谧时光。

蓦然，想起那首诗："时光静好，与君语；细水流年，与君同；繁华落尽，与君老。"

阳台上的花草都在竞相吸取精华，迎着朝阳努力生长，一如奋斗的青春，不曾辜负和错过。

吊兰悄悄绽放小小的蕊；墨兰隐隐飘来淡淡的香；茉莉于枝头默默吐露芬芳；幸福树一尘不染的绿叶上凝着晶莹的水珠；紫竹梅嫩芽冲破土壤的羁绊，开始炫耀春装；好友新赠的马蹄莲，宽大的叶片青翠欲滴，笔直的枝茎俊秀端庄。

我陶醉于眼前的花草，殊不知，春姑娘的纤步早已踏遍原野，攀上枝头。我觉察了，便起身披衣，欣然走出家门，奔向淮河岸边，沐浴和煦的春风。

堤上百草吮吸泥土的汁液，朗润丰泽，夹岸的绿柳摇曳生姿、参差披拂，大片大片金灿灿的油菜花绘制出美丽的水彩画卷。

春花开得正艳，在珠城演绎着《花月令》："二月：桃始夭。玉兰解。紫荆繁。杏花饰其靥。梨花溶。李花白。"

淮水滔滔奔流不息，碧波点点浮光跃金，凫鸭行行漫语低回。此时，淮河水暖大概也只有鸭先知了。

总感觉蚌埠的春天很短，有时还来不及细细品味姹紫嫣红，转瞬已烈日炎炎，枉负了那一树树繁花。生活的积淀让我慢慢明白：唯其短促，才弥足珍贵；唯有懂得发现和珍惜，一切美好的事物才能永驻人间。

文豪泰戈尔曾经说过："天空没有留下翅膀的痕迹，但我已经飞过。"如若心中春常在，何必担忧春易逝？有此心态，生命中的艰难困苦和种种遗憾又何足挂齿？

世上人大致有三种生活态度。

一曰"活在过去"，对曾经的辉煌念念不忘，在回忆中沾沾自喜，裹足不前。

二曰"活在未来"，总眺望明天、明年，将大把的气力耗费在对虚妄的未来的遐想，屡屡"我生待明日"，结果"万事成蹉跎"。

三曰"活在当下"，始终保持积极乐观的心态，物来则应，过去不留，做好此刻眼前的事情。

阳明先生就是第三种生活态度最好的践行者。不管仕途多么艰辛,每每国家召唤,他总能将一切归零,放弃之前的辉煌与磨难,重新出发,集中精力专注于"当下"。一生恬淡自如,坦坦荡荡,故在临终之际,他才能坦然地说:"此心光明,亦复何言!"

昨日已成历史,明日尚不可知。不要追悔过去,也不必担忧未来,把握当下,珍惜拥有的,做好力所能及之事便是真功夫。

不禁想起那句诗:"向阳花木易为春。"人生之理,不也和向阳花木一样吗?

——作于 2020 年 3 月 21 日

散作乾坤万里春

晓风冽，晨曦寒。料峭吹得空山静，皱了一湾碧水。春分刚过，这场细雨便撞开了春的大门。

这报春的信使，兼有"天街小雨润如酥"的凝滑、"沾衣欲湿杏花雨"的娇艳，更有"小楼一夜听春雨"的缠绵。蚌埠的雨，无疑是缱绻而多情的。

细雨霏霏，一天一夜不间断，却是一年之中最温润的雨。它和天空如恋人一般依依不舍、难离难分。

行走其中，眺望烟雨笼罩下的人间，影影绰绰，朦朦胧胧，景如画，画如诗。

看细雨如牛毛、如花针、如银丝，伴着东风落在树梢、荒野、船头上，落在淮河中，也飘落在脸颊上，便连心的田也因雨丝而清爽了。

夜半听雨，淅淅沥沥，让人情不自禁地想起戴望舒的《雨巷》，想起那个撑着油纸伞的姑娘，更是别有一番滋味在心头。

雨后初霁，天空如洗。大千世界纤尘不染，万物景观叠翠更新。春雨不仅洗尽了大地的污垢，还把世间铅华一并洗尽。

悄悄地，淮河水涨了，河道宽了，船只多了。岸边的迎春花露出了笑脸，野草也爬过了人的脚面。

这个时候，正是挖野菜的最佳季节。虽然野菜是淮河人家餐桌上常见的吃食，但我对家乡辽西大地上生长的野菜认识得更多。

童年时，等一场春雨后，我就约上几个伙伴，带着筐和铲子一起上山挖野菜。有一次，回来的路上我不小心把铲子丢了，害得家里几天没炒菜，这是我记忆最深刻的一件事。

家乡的野菜有很多，学名无法一一考证，记得当地人把它们称作曲麻菜、婆婆丁、苦碟子……我最喜欢"羊马马"，那是一种根、嫩茎和花骨朵都能吃的植物，嚼在嘴里甜甜的，味道好极了！有时还能遇见野葱，味道更是鲜美，清脆可口。它们的茎在前一年秋天被折断在野地里，经过一个严冬的考验，重新冲破土壤的羁绊，展露出傲人的身姿。

家乡还有很多药材，远志、柴胡、黄芩、防风，最漂亮的当属红花子，也叫石蒜，开着鲜红色的花。它们都不是很名贵，但我对它们有着深厚的感情。因为当年，我就是靠挖药材挣得的学费。

这几年，回家乡的次数少了，但每年清明前后，我都会带着女儿去淮河边挖蒲公英。那金黄色的花儿犹如一个个小太阳，即使厚厚的草丛也难掩它们闪人眼眸的风采。看着女儿发现蒲公英时夸张地大喊大叫的样子，快乐顿时在我的身边荡漾。

伴着春雨同来的，是它的孪生兄弟——春风。

春风柔柔的，绕在身上暖暖的。抬眼望去，它竟已绿了秧苗，红了樱花，灿烂了一地的油菜，叫醒了久别的、可爱的小昆虫，也约来了一群群放风筝的孩童。

于是，蓝天中便飞舞着五颜六色、千姿百态的风筝，有翩翩起舞的蝴蝶，有呢喃低回的燕子，还有展翅翱翔的雄鹰……儿时的梦也许就像风筝，虽然飞得又高又远，内心深处却被一根线牵绊着。

少年时以为那根线是父母，离家后以为是乡愁，可总觉得似乎缺少了什么。经历了那个飒飒寒冬，走在春天里，我终于明白，那根线应该就是我们的根、我们的魂——是浩然正气，朗朗乾坤。

在这个春天，我们见证了无数逆行者救死扶伤、大爱无疆的事迹，我们见证了全国人民空前的凝聚力和无穷的战斗力，我们见证了中华民族的伟大和文明大国的担当。

我们更见证了：没有过不去的寒冬，没有背约不至的春天！正如我在今年早些时候作的一首诗：

东风绿岸寒将尽，

碧水生波梦可期。

众志成城担使命，

同心勠力战瘟敌。

长天寂寂知何日？

厚土沉沉蕴物时。

当代英雄出我辈，

白衣绽蕊杏林枝。

3月17日，武汉三镇洒泪送英雄；4月4日，全国痛悼烈士等逝者。"此生无悔入华夏，来生愿在中华家。"这是一个英雄辈出的民族，我们庆幸，生长在这个伟大的国度，功成有我；这是一个识英雄、敬英雄的时代，我们感恩，生活在这个温情的时代，春风常驻。

愿人间正气永存，散作乾坤万里春。

——作于 2020 年 4 月 6 日

万紫千红总是春

品过了姹紫嫣红，看翠枝绿叶；沐过了银丝细雨，吹十里春风。走着，望着，春色已深，满园春色业已关不住。

今日谷雨。清晨，天地间白茫茫一片，万物都笼罩于浓雾中。在蚌埠，这样的日子一年四季常有，已寻常，尤其是住在淮河岸边的人家，对此更是屡见不鲜。伫立窗前眺望，隐约可见树木和房屋的影子，淮河也藏匿了身形，如海市蜃楼，如人间仙境，童话般梦幻。

总感觉东边的天要比西边的亮，也许是太阳正在冲破云雾，冉冉升起。等太阳出来，终将是另一片天地。

早起捕虫的鸟儿们依然忙碌，在枝头上跳来跳去，啁啾啼啭，仿佛在告诉人们："一年之计在于春，一日之计在于晨。"

醉过方知情浓，失去才晓珍贵。桌上的台历，已在注目中翻过了三分之一。越是珍惜，越觉春光易逝。

浓雾慢慢散去，迎着朝晖去单位，道路两旁绿树的影子就像旧电影的录像带，不停地倒退。"人间四月芳菲尽"，这个季节，最适合看绿。

恰好新枝茂叶，万木皆春，一片欣欣向荣。河岸边，青草和苇子又长高了一大截，像一块块绿色的大蛋糕，中间还点缀着或紫或红的花儿。

掩映在草丛中的蒲公英，已由一个个小太阳变成了雪白绒球，种子就像一把把小白伞，风一吹，就飘到它们想到的地方，落地生根。幸运的，留在了母亲身边；还有的，随风浪迹天涯，不知身落何方。我想，只要心中有梦，总能开辟出一片新天地。

唯一感觉不到明显变化的是依然奔流不息的淮河水，或深或浅的河床，证明它曾经由此经过，奔腾到海。

这几年，工作于淮河南，居住于淮河北，正应了那句"走千走万不如淮河两岸"，每天穿梭于淮河桥上，领略着两岸美丽的风光。

45

也许是日久生情，我对办公室窗外的几棵树相当熟悉
——中间是一大棵桂花树，每逢中秋节前后都会散发浓郁
的芬芳，沁人心脾；桂花树周围有一株蜡梅、两棵杜仲、
三棵鸡爪槭，再加上一片芭蕉树和铺满地面的花草，组成
了一个独立而优美的小花园。偶尔会有几只鸟光顾这里，
有时是山雀，有时是灰喜鹊，也有时是白头翁。它们都不
怕我，总是静悄悄地看着我，不时欢快地唱起歌来。我一
直在想，这些树是属于我们的，还是属于鸟儿们的？直到
有一天，几只雏鸟站在枝头上怯怯地望着我，我才知道，
我们终究还是没有争过它们——这些树木俨然成了小家伙
们的乐园，成了它们欢乐的天堂。

这仅是单位的一角，大院里有百余种花木。

大院东西两侧各有一片由猴樟和水杉组成的密林，高
大挺拔，枝繁叶茂，在树荫下散步就像穿越时光隧道一般。
林中夹杂着几棵龙柏和雪松，更显巍峨。

大院的南侧，沿墙种了一排月季，花开的时候，就像
一条红围巾。办公楼前的水池旁，种着迎春、樱花、银杏、
构树等，最多的是石楠和樟树，形状迥异的要数枸骨和龙
爪槐，成片的三叶草密密地铺在树林中。楼后更多的还是

石楠和樟树，但也有一些桂树、女贞、仙桃、枇杷等点缀其中。树林中除了大片大片的绿草，还铺着一层蒲公英。食堂前有一片由广玉兰、斑苦竹、杨梅和芭蕉树构成的树林。每逢遇到雨打芭蕉，我不仅没有惆怅，反而别有一番滋味在心头。

"窗外日光弹指过，席间花影坐前移。"短短一天，转瞬即逝。晚风徐来，回首处，组织部的灯还亮着，这是信念、勤政与为民之灯，给人以希望、方向和力量。灯光下，一群默默无闻者正在演绎着绚丽多彩的人生，想必又要等夜深人静，看皓月当空了。

夜晚，迎风骑行穿过解放路淮河桥。风虽紧，但吹在身上令人顿感神清气爽。今晚桥上的路灯格外耀眼，照亮了周围的暗。河面反射点点银光，仿佛告知路人，河水不息，昼夜不舍。

一路上，我听的还是那首歌："我还是从前那个少年，没有一丝丝改变，时间只不过是考验，种在心中信念丝毫未减……"

家中阳台上，鸳鸯茉莉已悄然绽放，紫色和白色的花朵像一对对鸳鸯交错立在深绿的枝头上，浓郁的芬芳伴着薄荷的清香，被悄悄溜进来的晚风拂过，氤氲整个房间，我的心情顿时也像花一样开放。

终于明白，变老的是人的容颜，不会改变的是内心的笑靥，还有那永恒的誓言。少年如梦，时隔多年，总会有些许遗憾，却是人生中最美丽、最纯真的留言。

春到百花香，风吹树摇曳，夏来蝉儿鸣，皆是本性使然，纯然初心。真正成功的人生大概也该如此：时刻固守少年时淳朴的本色，不沉迷于功名利禄，以自己喜欢的方式过一生；不在于取得成就的大小，而在于是否活出真我。

每临夜晚，我常流连于窗前感喟，愿你我都永如少年，就如同这万紫千红的春天。

—— 作于 2020 年 4 月 19 日

贰　夏日蝉鸣

淮河岸边

堤内花潮堤外柳，

四时烟雨四时幽。

淮畔风光无限好，

荆涂巍峨几千秋？

春看繁花夏听蝉，秋品百果冬赏梅。日子就在四季轮回中悄然走过。

子夜，花未眠。柑橘的花瓣虽凋零，但醉人的芬芳依然萦绕回环；火棘的幼果业已初具雏形，只是略显青涩；山影拳与花月夜不知不觉间成长，偷偷地将新装改换。

　　桌上的香茗更过了数盏，我仍没有睡意。一遍遍翻检唐诗宋词，却找不到淮河的一丝影像。多次写淮河，却忽然发现，自己知之甚少。笔尖在纸上游走，沙沙的声响把我带入那波澜壮阔的历史画卷。

　　偶尔，伫立窗前，眺望远方，仍有几片灯火辉煌。一条闪亮的玉带将沉睡的珠城隔成南北相望的两半。那是日夜奔腾、生生不息的淮河，似一位沉思的老人卧在河床冥想。

　　曾经，我无数次漫步在淮河岸边，听蝉鸣唱夏日的优美诗篇。蝉生于初夏，卒于秋末，不知春冬。也许有人悲悯蝉生命的短暂，我却感叹于它的快乐——懂得在有限的生

命里尽情歌唱，珍惜所拥有的，活出精彩。在浩瀚的历史长河中，我们何尝不似蝉一样，百年之前识谁，百年之后谁识？唯有珍惜当下才是幸福，正所谓："这一生匆匆，期万物美好，而尔在中央。"

枕着冥思入眠。深夜，隆隆雷声与闪闪电光，把我从睡梦中唤醒，残余的梦萦绕在枕边，思绪却飘向窗外。夜半听雨，时骤时疏：时而珠落玉盘，清脆圆润；时而蚕食桑叶，窸窣不断。忆不起雨的样子，在黑夜中朦胧一片。再次被鸟鸣声唤醒时，雨已歇，分不清到底有多少只鸟正在合奏一曲夏日的动人乐章。

一场雨，一席梦，已到立夏。

夏日的淮河岸边别有一番魅力。

"橘生淮南则为橘，生于淮北则为枳"。秦岭—淮河一线是中国南北方的分界线，在珠城更为明显——仅一河之隔，两岸的温差就有 1～2 摄氏度，景致也迥然不同。

淮河南岸圈堤建造的时间尚早，素有"堤内花潮堤外柳，四时烟雨四时幽"的美誉。堤坝外栽种着大片大片的杨柳，光滑的枝条状若丝绦，在夏日里显得更绿更软。微风掠过，绿烟袅袅，丝缕弯弯，翩翩起舞，宛如豆蔻少女的青丝，俊秀飘逸。看着这些，我眼前竟幻化出一个影像——静静的河畔，一老者执笔在手，正挥毫泼墨，画板上，杨柳参天而柳枝低垂。耳畔同时响起丰子恺的那段话："千万条陌头细柳，条条不忘记根本，常常俯首顾着下面，时时借了春风之力，向处在泥土中的根本拜舞，或者和它亲吻……"当初栽种杨柳的时候，是否考虑了丰子恺的这些想法，我不知道；但杨柳顽强的生命力，以及它守土护坡的能力，应该是有目共睹的。只需将枝条轻轻插入泥土中，杨柳便生根发芽，汲取阳光雨露，茁壮成长，既装点了河岸的美丽，又是忠诚的卫士，默默地守护堤坝，避免河水侵扰。堤坝内栽种的花木种类繁多，有百余种，以桂花、法桐、广玉兰为主，可谓四季常青、三季有花。雨后，夕阳将落，游人如织，风景如画。

近几年，新建的淮河北岸圈堤，感觉更胜南岸，正是"曲径花开佩金带，浅滩舟渡泛碧波"。等春天放风筝的季节一过，转身即遇见夏。我喜欢坐在河岸上，周围是一片片金鸡菊，金灿灿的炫丽。它的叶片像鸟儿的羽毛一样，一点点分裂开来，呈圆卵形至长形不等。头状花序单生枝端，像一个个小太阳。单株栽种略显逊色，但成片的金鸡菊就有了"满城尽带黄金甲"的美感。北岸也有柳，但不成规模，午后的阳光照得绿叶闪闪烁烁，不能一眼望穿，偶尔被鸣叫的蝉吸去了视线。水面上悠悠行驶的船只，在碧蓝的天空下，在水天相接处，渐行渐远。

　　沿圈堤分布着拥军园、明珠园、英雄园、百花园等十余处景点，是人们茶余饭后休闲游玩和强身健体的好去处。我是一个马拉松爱好者，尤其喜欢在河岸边跑步。设若一心只想着终点，争高低成败，难免会疲惫不堪。而静下心来，一边跑步一边观览沿途赏心悦目的风光，那确是一种别样的收获，更是一种忙而不乱的人生。

——作于 2020 年 5 月 16 日

悠悠淮河水

淮河岸边，日出日落，花开花谢。一条路，一双"战神"，从冬跑到春，从春跑到夏。不追逐别人，不输给自己，正如诗歌中所言："既然选择了远方，便只顾风雨兼程。"

我是有淮河情结的，周折半生，终于与它朝夕相处，实是人生一大幸事。细细思忖，我一直崇拜它的波澜壮阔与生生不息，而谈及历史和演变，却只能从众多典籍中找寻它的芳踪。

我知道，自己寻寻觅觅的是一条感情线。每天留意身边一幕幕精彩的画面，于是这些画面便成了颗颗璀璨的珍珠。突然有一天，那条线索赫然呈现在面前，那零散的珍珠就被穿成了一条美丽的项链。无疑，淮河就是这条美丽的项链。

《礼记·王制》载，古代天子祭拜的名山大川，即五岳和四渎。《尔雅·释水》："江、河、淮、济为四渎。四渎者，发源注海者也。"上古时代，淮河与长江、黄河、济水就像四兄弟，经中华腹地的不同流域奔腾到海。正所谓"天道酬勤何须问？星光不负赶路人"，长子长江德高望重，王者风范；次子黄河桀骜不驯，霸气外露；四子济水天妒英才，命途多舛；而三子淮河宅心仁厚，才华卓越。

淮水之名，是"淮夷"南迁而带来的。关于淮水，现存最早的记载出自《山海经·海内东经》："淮水出余山，余山在朝阳东，义乡西，入海，淮浦北。""汝水……入淮极西北。一曰：淮在期思北。"《尚书·禹贡》描述："导淮自桐柏，东会于泗、沂，东入于海。"虽因历史久远，有些地名无法考证，但是淮河的水域脉络已经基本清晰。

到了汉代桑钦著《水经》，又到北魏郦道元著《水经注》，对淮水流域描绘得更加详尽：淮水发源于南阳平氏县胎簪山，过信阳市北，向东流至息县南，又东过期思北，进入中游地带，穿越八公山下的凤台硖山口和荆山峡，过钟离县北，经淮阴区北，至广陵淮浦入于海。

斗转星移，时过境迁，到了今天，"四渎"已形态迥异。三国时代，"四渎"中的济水就已流路紊乱，与黄淮平原上的许多河流交错混杂，成为淮河的一条支流，不再独流入海。唐宋以前，淮水"东至广陵淮浦县，入于海"，此淮浦县即今江苏的涟水县。北宋南迁后，桀骜不驯的黄河难改"易决""易淤"的本性，从下游铜瓦厢、花园口这两个地方咆哮着冲向淮水，最终霸占了淮水的入海口，开始了黄河夺淮、水患连绵的漫长岁月。黄河挟带的大量泥沙，在出海口迅速堆积扩展，形如云梯，故名"云梯关"。这也是唐宋以前淮河入海口名字的由来。

今天，千里淮河共分三段：自桐柏山发迹处至洪河口为上游，以洪河口到洪泽湖为中游。洪泽湖以下，大部分河水通过洪泽湖南端的三河闸，经高邮、邵伯二湖，从扬州南的三江营注入长江，这一段是今淮河的下游；另一部分河水经洪泽湖大堤北端的高良闸，循北灌溉总渠从扁担港注入黄海。珠城的淮河属中游河段。

虽然古淮水和今淮河已大不相同，但无论安澜盛世，还是沧海横流，显现的都是淮河的英雄本色。《诗经》有诗为赞："鼓钟将将，淮水汤汤""鼓钟喈喈，淮水湝湝"。
淮河在奔腾到海的途中，也留下了著名的"淮河三峡"
（硖山口、荆山峡、浮山峡）和"长淮四关"（长台关、正
阳关、临淮关、云梯关）。其中，云梯关的古迹给后人留下
了无限遐想。

纵观淮河演变历史，我不禁感慨：昨日已成历史，明
日尚不可知，当下的每一步都重要于昨日，当下的每一步
都是明日的阶梯。唯有专注于当下，做好力所能及的事，
才是有意义的人生；唯有只争朝夕，不负韶华，才能避免
历史悲剧重演，也不会因对未来过于担忧而陷入莫名的
恐慌。

古老的文明从未离开过江河的滋养与哺育。北有黄河，
南布长江，中者淮河，三大水系共同孕育了万世华夏。蚌
埠境内的淮河是千里淮河中游的重要河段，也是淮河文化
的主要组成部分。

蚌埠古乃"采珠之地"，因境内淮河段盛产河蚌而得
名，亦称珠城。我国现存的第一部记载上古事件的文集
《尚书》记载："泗滨浮磬，淮夷玭珠暨鱼。"玭即蚌的别
名，此蚌生珠。而更让无数蚌埠人引以为豪的，还有双墩

遗址——它早于上述记载三千多年，正向世人彰显着珠城大地七千多年前的上古文明的曙光。

"百年蚌埠看浮落，千载双墩耀古今。"双墩是淮河北岸的一处高地，位于蚌埠市淮上区小蚌埠镇双墩村境内。

双墩是中国古代文明的发祥地之一。经过 1986 年、1991 年、1992 年先后三次发掘，双墩遗址出土了大量的陶器、石器、骨角器、蚌器、红烧土块建筑遗存、动物骨骼，以及螺蚌壳等文化遗物，是目前淮河中游地区已发现的年代最早的新石器时代文化遗存。其中，出土的 600 余件陶器刻画符号，手法粗犷，写实中带有夸张，风格神奇怪异，富有原始艺术趣味和神秘感。有太阳、山川、河流、房屋、动物、植物等实物类刻画符号，也有逐鹿、捕鱼、网鸟、种植、养蚕、饲养家畜等生产生活类刻画符号，还有记事、记数等几何类刻画符号，内容十分丰富，涉及双墩人的衣食住行、天文历法和宗教信仰等方面，涵盖了生产、生活、精神方面的全部内容，堪称原始社会的"档案馆"，是同时期其他任何遗址所无法比拟的。双墩刻符已具有表意功能，是中国文字产生的重要源头之一。

1986 年双墩出土的陶塑纹面人头像，被列为国家一级文物，现收藏于蚌埠市博物馆，作为"镇馆之宝"，放在一个专门的展厅内。陶人像高五六厘米，脸呈扁圆形，两条弯弯的月牙眉下，是一双清澈而含笑的眼睛，一副天真稚气的表情，充满着智慧和神秘！陶人脸部左右各有一条由五个圆孔连成的弧形线，和上额中间同心圆的花纹印记相呼应，构成完整的纹面装饰，衬托着小巧的鼻子和嘴巴，平凡中透露出高贵与神秘。

2019年5月，"淮河古代文明研究——蚌埠双墩陶塑人头像与史前雕塑学术研讨会"在蚌埠举行，专家学者云集，聚焦双墩文化。大家普遍认为，双墩陶塑人头像是中国已知的年代最早的陶塑人头像，被誉为"中华文明第一陶人像"。专家学者各抒己见，众说纷纭。据《"淮河古代文明研究——蚌埠双墩陶塑人头像与史前雕塑学术研讨会"综述》，吉林大学朱泓先生从体质人类学角度分析，称双墩陶塑人头像的面貌符合先秦"古中原类型"男性先民的特征；上海大学黄景春先生结合人类学、民俗学，认为双墩陶塑人头像应是成年女性，属于蒙古人种；中国美术馆黄丹麾博士认为，双墩陶塑人头像"是我国已发现的最早最美的人物雕塑，开启了中国雕塑史先河"；学者何小兰对双墩陶塑人头像的"微笑"从艺术史角度进行了解读，认为"笑中有深意"，将这座雕像称作"微笑女神"。多数专家认为双墩陶塑人头像应系一尊女性神像，认为它的美丽与清朗"体现出古代先民对神的信仰、崇拜和对美的原始追求，具有谜一样的东方气质和情怀，与西方美学典范'蒙娜丽莎500年的微笑'交相辉映，共同构成东西方文明的'微笑双璧'"。

今天，蚌埠市中心——淮河文化广场上，耸立着放大的陶塑纹面人头像雕塑，俨然成为蚌埠人的"人文始祖"。

每当从文化广场经过，与陶面人对望时，我都会产生一种莫名的感慨。这是一场跨越七千年的凝视，透过陶塑人头像深情的眼睛，我仿佛看到了上古时代的种种影像：七千年前，淮河北岸的涡河、沘河像两条碧绿的丝带飘浮在广阔的淮河平原上；涂山脚下，淮水之滨，葱郁的丛林中隐匿着一块高地——双墩，东、西、北三面环水，四周布满茂密的丛林和湿地。双墩高地上建造着一座座尖顶高脚的巢居式建筑，周边开垦出来的空地上种着水稻，金灿灿一片。妇女们用蚌针把养蚕获得的蚕丝缝制成衣物，男人们手持自制的弩在荒野里追逐着群鹿和野猪。河岸边密布着扳网，正打起一网网鲜活的鱼虾。土窑里新出来的陶器，已被刻上各种各样的符号……

双墩人就这样日出而作，日落而息。待到特殊的日子，族人们聚在一起祭祀祖先与神明。曾经，淮河岸边走着一位美丽的姑娘，回眸一笑，那清秀俊美的容颜和一双似曾相识的眼睛，让人怦然心动，却不承想，这一眼竟等了七千多年。

——作于 2020 年 5 月 30 日

涂　山

远眺防风冢，

近瞻禹王宫。

江河多古道，

青山不易容。

林深峭壁立，

雾浓曲径通。

山泉寻涧迹，

绿野觅仙踪。

——《涂山颂》

　　"五月不居匆匆过，半是从容半是真。"告别小满，迎来芒种，淮河两岸，徐徐的暖风吹拂起阵阵金色的麦浪，送来缕缕丰收的醉人清香，此时，浓密的绿荫和茂盛的青草更胜过花开。闲来静处，约三五好友，登临涂山览胜，逢时遇景，拾翠寻芳，或沐浴阳光，或畅叙幽情，观尽涂山、淮河之博大宽广，追忆大禹精神的灿烂辉煌。你会发现，"横看成岭侧成峰，远近高低各不同"。

　　凌绝顶主峰，千里淮河尽收眼底。荆山峡是"淮河三峡"的第二峡，也是淮河流域最为险峻的峡谷。千里淮河从桐柏山出发一路向东奔流，穿越荆、涂二山时，因山体阻挡，回环曲折，形成了S形的大峡谷，减缓河水流速的同时，也孕育出惊涛拍岸的骇人气势。淮水至此纳入茨河和茨淮新河，形成新的洪流，穿过山峡又与涡水相汇，同路奔腾。一切看来似乎都在情理之中，却不知湍急的水流下隐藏着几千年来被大家熟知或遗忘的故事。

　　故事的开篇源于涂山。涂山为古淮南道名山，又名当涂山，民间俗称东山，位于蚌埠西郊、淮河东南岸，南滨天河，与荆山隔淮河相望、并峙为胜。

　　"山不在高，有仙则名。水不在深，有龙则灵。"涂山海拔 338.7 米，虽不高，却因"禹娶""禹会""夏兴"于此而闻名天下，光耀古今。涂山广义上是一条山脉，在上古时却是古涂山氏国所在地，曾辖有今淮南、蚌埠、怀远、凤阳等地，淮河中下游是其势力范围，政治中心就在蚌埠涂山，有《汉书·地理志·当涂》载"禹所娶涂山，侯国也，有禹墟"为证。据典，大禹生于石纽，崩于会稽，一生足迹遍天下，全国许多地方都有禹迹，而他一生中最辉煌的时刻，应该在涂山。诸如劈山导淮、锁无支祁、娶涂山氏女（也称女娇）生启、三过家门而不入、大会诸侯斩防风氏、铸造九鼎天下归一等千古流传的佳话和传奇，皆起于涂山。

为缅怀大禹的伟大业绩、涂山氏女的辅佐之功和启开创的华夏伊始，涂山成为后世诸多王侯将相与文人墨客朝拜和游览的胜地。自刘邦立禹庙、司马迁赞涂山，到柳宗元铭涂山、梅尧臣朝涂山；从苏轼歌"川锁支祁水尚浑，地埋汪罔骨应存"、黄庭坚诗"有径直通霄汉外，登临无不是仙踪"，到宋濂记"临濠古迹惟涂荆二山最著"、邓石如篆刻"旷览平成"石……古往今来，涂山留下了众多诗词歌赋和文化胜迹，成为中华文明史上一颗璀璨的明珠，辉耀淮河两岸。

今日之涂山不改上古容颜，山、泉、石、涧、迹，蔚为壮观，古树可与白云比肩。

一说涂山山脉。整体呈自西向东走势，二十余座山峰，有登山步道相连。西峰和东峰峻耸，瞰淮矗立，山势雄奇，林泉清幽。其西麓左有象岭，右有狮山。象岭形似象，其下为荆山峡；狮山状如狮，后因采石建房、兴修水利，狮山伸向淮河的山体狮子头被毁坏，但不改其雄姿。

象岭左侧、濒临淮河有小涂山，山势平坦，因部分山体伸入荆山峡阻水，曾被切除，现被 206 国道整体隔于山脉南侧。滨于天河的起伏的三山称九岗。狮山右侧西北麓的小山为九龙坟，杜郢村依山而建。

西峰和东峰间向北有一岭为绿梅岭。双峰向东，经东岭、大梭岭有石门山，因两山如门而得名。山腰上有四门石，天然巨石裂出缝隙，如四扇石门。相传，古涂山氏国的奇珍异宝就藏于此山中。石门山向北有数岭，西为长山，东为次山和洪君庙山，洪君庙山滨于淮河。石门山向东延伸至夹山，有径通南北，为夹山口，今合徐高速公路从此山口通过。夹山口东有一独立高峰为独山，海拔 221.8 米，山势突兀而起，气压洪源。远观夹山口，面水依阜，西侧石门山至夹山山脉似犀牛望月，如观两侧整体山脉，则呈大鹏展翅状。

独山东侧一山形如熨斗，叫熨斗山；再东为黑虎山，古称马牙山，像一只盘踞石上、傲啸山林的猛虎。独山脚下、熨斗山北有一塘，东临黑虎山，称黑虎山塘（即独山水库）。黑虎山以北为茨山、蚂蚁山，最北端有两小山濒临淮河，西为周家山，东为许家山。周家山直连蚌埠闸，风景十分秀美。

涂山余脉尚有三，分别是秦家山、小黄山、张公山，随着城市的建设和发展，逐渐成为城中山，为宜居宜业宜游的城市平添了鲜活的自然元素。（以上五段山脉相关内容据清光绪《凤阳府志》所载，经实地走访调研编写。）

二说涂山名泉。有迹可循的泉水有十余口，还有若干泉水因年代久远，已无记载和典故。最著名的是号称"天下第四泉"的圣泉，别称灵泉，位于西峰西侧山坡上，背依涂山，面瞰淮河，泉水晶莹澄澈，四时不涸。相传宋朝大文豪苏轼途经此泉，留下了泉上石刻"圣泉"二字，安徽怀远圣泉啤酒就是以"圣泉"冠名，曾风靡一时。位于西峰北偏西的登山古道旁有一泉清洌甘醇，晶莹如玉，终年不涸，名叫玉液泉。当游人登山至此泉，正值渴而思饮之际，掬一捧饮用，顿时甘凉入心，神清气爽，如饮琼浆玉液，故而得名。

在涂山东峰北二里许的明月涧有一泉名采和泉，依崖临涧，天然形成，取水煮茶，醇厚甘甜。因此泉深藏峡谷，久经雨水洗礼，泉畔野草杂木丛生，山间小路年久湮灭，现已不易查找。还有一名泉叫凤凰泉，坐落于西峰南麓石婆婆洼的凤凰尾（yǐ），经朝禹路的彩虹步道就能遇见。此泉水不仅富含多种微量元素，泡煮香茗清醇甘美，芳香四溢，而且还留有凤凰栖此、喜饮泉水的美丽传说。相传，凤是古涂山氏国的图腾，以龙为图腾的华夏氏族和以凤为图腾的东夷氏族融合成了汉民族，而"龙凤呈祥"与涂山有着千丝万缕的关系，凤凰泉也因此闻名遐迩。此外，观音泉、龙门泉、望淮泉、罗井泉、相思泉、冷水泉、彩虹泉、师姑泉等八泉分布于涂山四方，每当雨后，山涧形成溪流，流水潺潺，叮叮咚咚，或与泉水相通，或擦肩而过，别有一番美感。

三说涂山奇石。因历代祭拜大禹和女娇，山上留有众多石刻，也给后人留下了深厚的文化积淀和美丽传说。朝禹路中段建有歇马亭，亭旁遗存一块约 2 米高的系马石，是文武百官、文人墨客朝拜大禹时落轿下马的地方。经千年风雨侵蚀，系马石依然屹立于涂山古道旁。经系马石继续向上攀登，路旁有一块平整的巨石叫卧仙石，可容数人栖卧，相传为大禹娶涂山氏女成家立室的新婚之床。卧仙石旁有一对叫鸳和鸯的石凳，为大禹和涂山氏女促膝长谈、倾诉爱意之所。涂山主峰南坡有一巨石，状如一位慈祥的妇人端坐在山崖之上，即启母石，也称望夫石。相传，大禹与涂山氏女成婚后第四天便离家开展治水大业，这一去竟长达十三年之久。涂山氏女坐在崖边终日守候，望夫心切，最终化成了一尊端庄的石像。她还情不自禁地吟唱出"候人兮猗"之歌，让侍女站在涂山西坡的巨石上反复吟唱："等候归人啊，多么长久……"侍女站立的这块石头被后人称为"候人兮猗"石。据《吕氏春秋》载，这块石头是大禹和涂山氏女爱情的象征，也是我国南音——南方民歌诞生的地方。

《史记·外戚世家》："自古受命帝王及继体守文之君，非独内德茂也，盖亦有外戚之助焉。夏之兴也以涂山。"大禹与涂山氏女婚配后生下启的地方，留有巨石名台（yí）桑石，是启生于涂山、成长于涂山的佐证。启在母亲的谆谆教导下，成长为一名胸怀大志的青年，建立起我国史书记载中的第一个强大的王朝——夏。

涂山著名山崖——朝日崖，坐落在禹王宫山门东侧，是古时观日出、览云海的绝妙之地，每当旭日初升，远眺，涂山二十余座山峰便若隐若现在缥缈烟云中。该崖现被茂盛的古树层层环绕。朝日石临大涧，其下是悬崖峭壁，十分陡峻。石上镌刻"朝日"二字，相传为宋代理学家朱熹所书。禹王宫山门西南石壁上镌刻有"旷览平成"四个隶书大字，出自清代书法家、篆刻家邓石如之手。站在旷览平成石上，放眼眺望，淮河穿荆山峡，与涡河相遇后滚滚东去，生出"涂山岩岩，界彼东国。惟禹之德，配天无极"的雄浑高远之意境。

禹王宫四周有青龙、白虎、安邦、定国四石，按照左青龙、右白虎、前朱雀、后玄武布局，给古庙增添了庄重肃穆的气氛。四石峻拔高耸，似伟岸的巨人屹立于淮河之畔，向后人诉说着大禹平息洪水、大会诸侯、一统华夏的丰功伟绩……

四说涂山胜迹。以禹王宫最为著名，坐落于涂山西峰。宫门两旁有巨型石狮镇守山门，左右两侧伫立有分别刻有"夏皇祖之庙""夏之兴也以涂山"的两块石碑，是祭祀大禹和夏人先妣涂山氏女之地。禹王宫始建于汉初，汉高祖刘邦平叛归来路经涂山，观览了诸多遗迹后，命其子刘长督建禹庙，缅怀大禹的功德。禹王宫刚建成时规模较小，后经历朝历代修缮扩建，形成了前后"五进十殿九院"的建筑格局。时至今日，农历三月二十八——相传大禹和涂山氏女成婚的日子，被定为涂山禹王庙会，并列入安徽省首批非物质文化遗产保护名录。明代，涂山东峰上始建灵岩寺，又称无量殿，与禹王宫并峙于霄汉间，是沿淮唯一一座建于山峰顶端的古寺，在淮河流域佛教史上具有重要的地位，也是文人墨客登临怀古、饱览壮美河山的绝佳胜地。后因岁月更迭，天灾人祸，众僧相继离去，灵岩寺成为空寺，殿堂房屋被人拆除毁坏，淮上明刹仅剩一片断壁残垣。涂山还建有关帝庙、鲧王庙、洪君庙等宫观寺庙二十余座，现大部分都已变成遗迹。

今涂山北麓、淮河南岸的杜郢村李家嘴至石巷村韩塘沿一带，是古涂山氏国和当涂县治遗址。据《读史方舆纪要》载："当涂城在（怀远）县（治）东七里涂山北麓下。古涂山氏国，汉为当涂县，属九江郡……"汉武帝刘彻年间，封魏不害为当涂侯，国属于九江郡，后降侯国为当涂县。沧海桑田，后世久经淮水侵蚀，迁移到了马头城——今马城街北里许。

涂山西南的禹会村被天河和淮河环绕，村中发掘出一古台叫禹墟，又称禹会村遗址。禹墟出土了大量的陶器、骨器、蚌壳、农作物种子等，发掘出了大型祭祀坑群落和大量磨石，给人们再现了四千多年前"禹会诸侯于涂山，执玉帛者万国"的繁华盛世，彰显了禹安邦定国、天下归一的辉煌功绩。涂山西南，淮河、天河之间的曹州湾上有一防风冢，也称防风氏古墓。相传，禹会诸侯，防风氏居功自傲，故意迟到，为严明纪律，大禹将其诛杀，埋于此。当初防风冢高于淮河河岸 20 余米，民间传说水涨墓高，洪水淹不了防风冢。后因大规模开采黄沙，防风冢最终被夷为平地。

明代，小涂山上曾建有文笔塔，高 20 余米，意在振兴本地学风，多出科举人才。建塔虽与科举无关，但激励了众多学子勤奋著文，锲而不舍，终功成名就。同时，文笔

77

塔还点缀了自然景观，又被作为淮河航标方便了过往船只。遗憾的是，该塔现已成废墟。清朝，康熙帝生母佟妃的祖墓坐落于涂山西坡圣泉直下的桃花源中，面朝荆山，前依淮水，左有象岭，右靠狮山。现仍有大量佟姓村民居住在山脚下的佟郢子。涂山还留存有孙叔敖墓、杨应聘墓、杨嘉猷墓、高慰农墓、李永德道长墓塔等诸多遗迹。

五说涂山古树。涂山植被茂密，众多树木傲立其中，年代久远。禹王宫内有两株数人方可合抱的古银杏树，也叫树中树。相传，宋代苏轼游涂山时，看见禹王宫内摩天耸立的两株银杏树苍老古朴，疤痕累累，但枯裂的树心中又生出了小银杏树，就像老树的子女一般，令人叹为观止。他就躬身打听树的年龄，老道长以古谣作答："先有树，后有山，禹王问树几千年。"苏东坡暗自称奇，随口吟出一联："山外有山都如画，树中生树不知年。"树中树由此蜚声遐迩。也有民间传说，称两株老银杏树是雌雄双株，为大禹和涂山氏女为纪念新婚大喜而栽种，是象征爱情天长地久的连理树。数千年过去了，两株银杏树虽惨遭雷火击焚枯死，但吸收了日月精华、天地灵气，又孕育出小银杏树。禹王宫内还有一棵九龙松，树龄约有 400 年，为涂山树木中的老寿星。九龙松栽于明万历年间，高 6 米，九层松枝层层叠叠，宛如九层玲珑的宝塔，后树枝被罕见大雪压断，但九龙松仍傲然屹立在涂山之巅。

今日之涂山，茂密的林木间生长着仙人掌，待五月底花开的季节，一片金黄，色彩绚丽。涂山濒临淮水的西麓和北麓山坡岗，是怀远石榴的产地，盛产红花玉石籽、白花玉石籽、红玛瑙籽等石榴，这些石榴入口厚重，甜中带酸，余味悠长，深受天南地北的游客喜爱。蚌埠的淮河闸、禾泉农庄、花博园、禹王生态园、厚德园等众多景点依山而建，均借助涂山"夏兴之地"的历史人文，同时融入当代休闲旅游的新理念，成为蚌埠旅游观光的亮点。

涂山名胜古迹众多，文化底蕴深厚，大禹的丰功伟绩和道德风范，为历代所传颂。2007 年，蚌埠市发布了城市精神主题词"禹风厚德、孕沙成珠、务实开放、创业争先"，将大禹精神作为蚌埠城市精神的实质性内容，一直沿用至今。

——作于 2020 年 6 月 27 日

叁

流年笑掷

重　　山

　　家乡有很多山，海拔不高，连绵起伏，站在山顶眺望远方，重山层层叠叠，绵延在云山雾海间。这些山，大多没有雅致的名字，记得有王子坟、石人山、高山尖、花果山、大梁北、三道梁子等，都是祖辈口口相传叫下来的。

　　我的祖辈跨越万水千山闯关东，走到现在居住的地方落地生了根，这里就成了我的家乡，至今已有十六代人在此安居乐业。听老辈人说，从前的山上荆棘遍布，杂草丛生，有一人多高，经常有虎狼出没，很多地方都没有人去过。记得爷爷说，他年轻的时候有一次去放羊，还被狼追赶过，幸亏他机灵，爬到家边的树上。家里人发现有狼，把看家狗放了出去，赶跑了狼，再之后就很少见狼了。

现在山上的草矮了许多，很多地方都可以攀登。漫山的松树，风吹过，掀起浩瀚松涛，浮过缥缈松香，不禁让人想起"自小刺头深草里，而今渐觉出蓬蒿"这两句诗。在山上经常能看见野兔、野鸡、老鹰、黄羊、蛇等小动物，幸运的话，你还能遇见梅花鹿。

最有故事的山应该是王子坟，相传古代高丽的一位王子给中原的皇帝朝贡，途经此地，客死在这里，具体时间已无法考证。爷爷小时候，每逢除夕夜经常能看见王子坟上有亮光，大家猜应该是夜明珠之类的宝物。后来王子坟被不断破坏，因此国家有关部门派来专人进行了挖掘保护。最高的山叫石人山，海拔500多米，因山上有一块大石头看起来像一个站立的人而得名。家乡这边有个习俗，每逢端午节，孩子们就相约去爬石人山，山南山北的孩子都去，要穿过层层牦牛柴——一种半人高的木本植物，在里面经常能捡到野鸡蛋，遇见懵懂的小野鸡和小野兔。上山要防备踩着一堆堆的红蚂蚁窝，红蚂蚁很大，有毒，看着就让人心里发怵。还要防备毒蛇。虽然很危险，但这是孩子们最喜欢的探险活动。

最美的山要数花果山，山上长满杏树，每到春天杏花开放时节，满山娇艳，阵阵幽香，绿草如茵，蜂蝶起舞，景色美不胜收。每每忆及，总会让人想起那首熟悉的旋律《杏花满山》，这几年我只要听到这首歌就会情不自禁地泪流满面。等一场春雨后，杏花落了，就可以去摘小青杏了，酸酸的、嫩嫩的，一想起来就流口水。

印象中最远的是大梁北，要穿过狭长的河套，徒步走一个多小时才能到达。大梁北草木茂盛，山根下常年小溪流淌，盛产各种野生菌菇，有松蘑、草蘑、红蘑、雷蘑、杨树蘑、沙棘蘑等，周边的居民都喜欢到这里采蘑菇。这是重山赐予大家的珍贵礼物。山上有一座六角塔，是护林员居住的地方，这是我小时候唯一一个印象深刻的地标。

小时候，我就在这样的重山间长大。童年的活动很多，采蘑菇、挖药材、放山羊、烤土豆、摘沙棘、追野兔、捕麻雀……那时总是无忧无虑，感觉时间无穷尽，大把大把的光阴都可以在重山中度过。有时想爬上最高的那座山，望一望外面的世界，却发现，山的那边其实还是山。

如今求学工作离开家乡已二十多年，而立之年渐行渐远，不惑之年正在走来，越来越觉得山里的时光弥足珍贵。每逢春节回家都想再去山里看看，因为那里有我的童年回忆和说不完的故事。是那重山塑造了我的性格，无论走到哪里，我都和重山紧紧地连在一起，重山早已深深地根植在我的心中。登上高山的勇气，伫立山巅的自信，回馈重山的情怀，都仿佛在告诉自己，趁阳光正好，用心过好生命中的每一天。

　　　　　　　　　　　　　　　　——作于 2020 年 1 月 22 日

年　　味

　　喜欢回老家过年，一是因为亲情，二是缘于年味。年味是儿时的快乐，长大后的情怀。

　　过年时，喜欢一边听着母亲的唠叨，一边吃着热腾腾的饺子，蘸着酱油蒜，这是自己吃过的最可口的美食。不知何时，谁"啊呀"一声，原来是吃到了硬币，硌到了牙齿，周围立即响起了阵阵感叹声，于是本年度家里最幸运的人产生了。

　　过年时，喜欢和父亲喝一杯，明知他身体不好，喝不过自己，也愿意劝他多喝一口，时不时来一句：我喝完，你随意。回到家，父亲什么活也不让我干，我就看着他一边兴奋地哼着小曲，一边悠闲地贴着春联和挂钱。

过年时，喜欢走亲戚。有句话说得好：亲戚越走越亲，朋友越走越近。叔家、姑家、姨家、舅家都要认真捋一捋，准备着一份份年货，生怕有遗漏。握着亲戚朋友的手，无论这一年过得好与坏，都要互相勉励一番：只要肯实干，就没有越不过的坎、克服不了的困难。

过年时，喜欢和同学们一起侃大山，人还没到家，就张罗了一大桌，急着互相倾诉这一年来的故事。感觉桌上喝的真不是酒，那是感情。如果老师在场，心里就更矛盾：想让他多喝，又舍不得让他多喝。每当听到上学时的秘密，就会发出阵阵欢快的笑声。

过年时，喜欢和家人一起围在电视机前看春晚，嗑着瓜子唠着嗑，最后也不知道说的啥、看的啥，其实就是喜欢这种氛围。除夕夜，户外爆竹声声，夜里十一点多的时候，大家不约而同地奔向家堂去祭祖，每个人都很严肃，心里充满着崇敬，那是一种安土重迁、落叶归根的感觉。祭祖结束后，大家争相奔走拜年、吃年夜饭，凌晨一点多才休息，真是忙碌并快乐着。

时间不等人，过得慢些吧，恰年味正浓，愿我们都能力耕不欺。

——作于 2020 年 1 月 24 日

白 珍 珠

记得去年夏天最炎热的那天，我带着两岁半的女儿去花鸟市场游玩，顺便买了一对白色的珍珠鸟，这是一种身体很小且怕人的鸟。

它们的家被安置在了南阳台。每天清晨，阳光从窗外射入，照在两个小家伙洁白的羽毛上，远远望去就像两颗小珍珠。走近它们，两个小家伙一边用纽扣般的小眼睛瞅着我，一边互相追逐打闹着，并不时传来像笛子一般又细又亮的歌声。它们的小嘴巴像鸡冠一样红。嘴巴特别鲜艳的是雄鸟，我们叫它小白；嘴巴颜色有点淡的是雌鸟，我们叫它大白。两个小家伙与我们一家人慢慢熟悉起来。

女儿特别喜欢这两个新家庭成员，一会用手去拍拍，一会又用脚踏滑板车去碰碰，偶尔还拈片小树叶或糖纸扔进笼里去吓唬它们。面对两个惊慌失措的小家伙，女儿不时发出兴奋的叫喊声和欢快的笑声。刚开始我还呵斥女儿，但后来看到女儿为两个小家伙殷勤地添水加米的样子，也就随她去了。当早晨上班的闹铃响起时，小白和大白早已在笼中欢快地跳跃起来，尽情地歌唱着。如果时间充足的话，我总是喜欢蹲下来观望一阵，添添水加加米，看着两个小家伙争先恐后地啄着米，真是一件非常惬意的事。

秋去冬来，十一月开始后的两个月是我工作最繁忙的日子，每天都早出晚归，偶尔还会住在单位。照顾大白、小白的任务自然落在了妻子的身上，女儿也经常兴奋地参与其中。有时忙里偷闲，我会抽空看望一下它们。也许是因为那时烦躁急切的心情，也许是因为那时繁重的工作压力，不知道从什么时候开始，我总感觉小白和大白不像以前那样恩爱了，偶尔听到它们欢快的歌声，却很少见到它们相偎相依的样子，尤其看到小白和大白站在不同的位置，犹如分列天涯海角，不禁黯然神伤。

冬天最严酷的日子来了，那一晚肯定是这个冬天最寒冷的夜晚。第二天早晨，女儿从阳台上惊慌失措地跑回卧室，拉着我的手，嚷着："小鸟死了！小鸟死了！"我急切地奔向阳台，发现大白已经奄奄一息，身体瑟瑟地抖动着，而小白正站在另一个角落里，眼神中充满了无助与悲伤。

泪水一下涌上了我的眼眶，我开始自责，明明昨夜最寒冷，为什么不提前把它们移进卧室？埋怨妻子，为了干净整洁，为什么一直不同意把它们放在屋内？开始讨厌小白，为什么不一直和大白紧紧依靠在一起？至少可以相互取暖……

之后的日子，工作更加忙碌繁重，我就渐渐遗忘了小白悲伤的眼神。转眼间，两个月过去了，正月初五的早晨，小白清脆的歌声再次唤醒了我的记忆。小白洁白的羽毛上有了些许黑色的污迹，落魄地蹲在鸟笼的支架上，看着笼里孤单的小白，我心中一阵酸楚，突然心血来潮，为何不给小白续一房新媳妇呢？于是，我硬拉着妻子和女儿来到花鸟市场，又买了一只乖巧的雌珍珠，还买回了一个精致的鸟巢。

自从给小白续了一房新媳妇，两只鸟天天双宿双飞，恩爱非常，每天清晨我又听到了它们欢快的歌声。我想也许是小白经历了一场生离死别，懂得了珍惜；也许是小白

孤独的时间太久，害怕了寂寞。我又想，小白融进了我的
生活，我又何尝不是走进了它的悲欢离合，学会了且行且
珍惜呢？

——作于 2018 年 2 月 22 日

紫 竹 梅

这些年，我养过很多花，唯独忘不了小时候母亲养的那盆紫竹梅。虽然因十年前的一场寒冬红消香断，但是它永远生长在我的心中。

有人歌颂雍容华贵的牡丹，有人赞赏袅娜多情的文竹，还有人钟情典雅脱俗的玫瑰，而我独爱平凡普通的紫竹梅。或许，正是因为它平凡普通，我才那么珍爱它，它也成为我心中的一丝牵挂和寄托。

2018 年春节，女儿刚满三周岁，我们没有回东北老家过年，在珠城度过了一个既惬意又充实的春节，远离各种应酬和喧嚣。我每天除了徒步、骑车、看书，就是陪伴妻子和女儿，完全沉浸在自己平静的世界里，才发现自己喜欢热闹，更喜欢独处。

大年初五的早晨，带着女儿与远在东北的父亲母亲视频通话后，女儿就抢走了手机躲在一角偷偷地玩起了自拍。而我一直凝望着北方，陷入了沉思中，时间仿佛静止一般。

小时候，母亲养了很多不知名的花草，现在只记得有一盆很普通的草叫紫叶草，工作后才知道，它还有一个学名——紫竹梅。它没有华丽的外表，长长的、宽宽的、略有卷曲的紫叶子，如披着紫罗衫翩翩起舞的少女。它的茎呈紫褐色，很细很脆，就像竹节一样坚挺地向前匍匐盘旋。在茎的尽头，偶尔盛开几朵桃红色的小花儿，真是可怜极了！没有牡丹的高贵，没有文竹的缠绵，也没有玫瑰的芬芳。这种小花在晚上是看不到的，难道是那小家伙害怕黑暗吗？我想它一定是喜欢阳光，而非忌惮黑暗。也许是一时的情非得已，也许是一世的磊瑰不羁，因为它单单拥有平凡。也许有些人会抱怨："紫竹梅也太吝啬了，花又小又不美，还占用有限的空间。"

是的，紫竹梅奉献给人们的美丽的确只是一点点，可那一点点，是它平凡的象征，更是它倾其所有、举毕生之力奉献给世间的爱意。我爱紫竹梅，就是爱它不奢求，爱它那"一点点"。从小学到大学，我好像一直在没有理想的生活中度过。如今，我又荣幸地成为一名国家公务人员，可我还是崇拜平凡，就像独爱紫竹梅一样。这时才明白，自己并非没有理想，只是因为我选择了平凡！

岁月何曾静好？幸福都需奋斗。我相信，爱拼才会赢，即使在追求幸福的道路上布满荆棘，充满流言，我也无怨无悔，因为平凡是有魅力的，就像汪国真的一篇散文诗中所讲：

是的，我平凡，但却无需以你的深沉俯视我，即便我仰视什么，要看的也不是你尊贵的容颜，而是山的雄奇天的高远；是的，我平凡，但却无需以你的深刻轻视我，即便我聆听什么，要听的也不是你空洞的大话，而是林涛的喧响海洋的呼喊。

是的，我平凡，但却无需以你的崇高揶揄我，即便我向往什么，也永不会是你的空中楼阁，而是泥土的芬芳晨曦的灿烂。

　　紫竹梅，平凡的象征，普通的化身，却有着超凡的内涵。"一身丹紫独自秀，三瓣桃红赛葳蕤。"透过紫竹梅，恍惚间我看到了母亲。紫竹梅的一生，是母亲走过的人生，也是母亲期望我拥有并永远向往的人生。想着紫竹梅那桃红色的小花绽放在笔挺枝茎的尽头，我仿佛看到了母亲那渐渐逝去的芳华。岁月像风沙之尘，让母亲的容颜变老，却又像高山之水，洗尽了母亲内心的铅华和躁动，终归宁静。

　　擦干眼角的泪花，悄悄地合上笔记本。看着客厅里三岁的女儿紧握着小拳头，脸蛋憋得红通通的，正因为不被允许玩手机、固执地跟妻子哭闹着、撒娇着，我想，自己何尝不是希望女儿的一生也像紫竹梅一样，平凡而不失魅力呢？

——作于 2018 年 3 月 2 日

马 蹄 莲

去年春天，好友赠我一盆马蹄莲。我把它置于卧室的飘窗上，由于工作繁忙，一直疏于管理，只在周末的时候偶尔松松土、浇浇水。然而，久居静室，却丝毫没有影响它的茁壮成长。

马蹄莲和姜、红薯、马铃薯一样，具块茎。去年秋天叶子枯萎后，我把块茎留在了土里。说到这里，倒有些惭愧——好友叮嘱我要在秋天把块茎挖出，放在冰箱里冷藏起来，待到早春重新栽种，可我怕麻烦，生生简化了程序，这算不得真正的爱花之人，也难以摆脱附庸风雅的嫌疑。庆幸的是，我依然偶尔浇水。

　　春天还未到，也不记得从何时开始，沉寂了一个冬天的马蹄莲就已经发芽了。最先冒出地面的是叶基，连着包裹成一团的叶片，分不清具体结构，就像一件精美的艺术品，欲现还羞，"犹抱琵琶半遮面"。没过几日，叶片缓缓舒展开来，呈心状箭形，长得越来越宽大，越来越厚实，青翠欲滴，缀有白斑，平滑而有光泽。叶基像其他植物的枝茎一样，始终笔直地向上生长，峻拔而端庄。渐渐地，具鞘的叶基又分蘖出许多新的枝茎，慢慢地长成一丛郁郁葱葱的绿植。

　　3月刚过，一天夜里，我偶然发现马蹄莲众多叶基的中间，竟然长出一个与众不同的枝茎，我猜想，马蹄莲要开花了。有人说，马蹄莲花是君子之花，但我不知道我的马蹄莲花到底长什么样子，只是隐约可见它的花苞呈白色，后来才知道，这个花苞还有一个美丽的学名——佛焰苞。

　　等待的日子是漫长的，也是幸福的。前日下班，已是深夜，六岁的女儿竟还在等着我，强撑着没有入睡。见我回来，她像一只欢快的小山雀，一边兴高采烈地跑着拉我去卧室，一边迫不及待地告诉我这个惊喜："马蹄莲开花啦！"马蹄莲开花早在我的意料之中，我欢喜的同时，更沉浸在女儿的快乐中。

只见一朵洁白无瑕、宛如马蹄的大花鹤立于众绿之间，挺秀雅致，实在是高贵至极！凑近看，白色的花瓣上泛着点点银光，仿佛迸溅的水花。花瓣中间有一淡黄色、圆柱形肉穗花序，上面附着细细的茸屑。如果不是特意留心，还真难发现空气中弥漫的淡淡清香，恰恰就是这淡淡的清香，足以令人心旷神怡。马蹄莲花素洁清雅、朴实高贵，只可远观而不可亵玩。据典，马蹄莲的花是有毒的，内含大量草本钙结晶和生物碱，误食会引起昏迷等中毒症状，但毒素不会释放于空气中。它的块茎也有毒，咀嚼一小块就会引起舌喉肿痛，但可药用，具有清热解毒的功效，可治烫伤，可预防破伤风，用法均是取鲜马蹄莲块茎适量，捣烂外敷，切不可内服。这使我对马蹄莲有了更深的认知。

"但令心有赏，岁月任渠催。"静待马蹄莲花开的日子尽管漫长，但是内心始终充满着无限的期许。相信人生也是如此，但凡有趣的灵魂，内心必定是繁花似锦，洋溢着对生活无尽的热爱。我喜欢用文字写下一段经历，抑或一个景致，这些文字也是人生的一种痕迹。今夜，花未眠，故作此小文，以谢友赠花之谊。

——作于 2021 年 4 月 18 日

玖 年

皆因年少伴轻狂，

敢为蚌埠谱新章。

玖年弹指一挥过，

撷取芳华泼墨香。

向来缘浅 奈何情深

好友说我是一个多愁善感的人，因为早已过了多愁善感的年龄，却经常为赋新词强说愁。就比如说自己这半生的周折，祖辈跨越万水千山闯关东，寻到现在四面环山的故乡落地生根，安居乐业，弱冠之年的自己竟执意千里迢迢南下求学，最终定居在美丽的淮畔明珠——蚌埠。

屈指一算，到蚌埠已九年有余，来的时候没有多欢喜，留下后也没有多期许，只因自己一直追寻的是诗和远方。也曾想做林清玄笔下那个出走半生的白雪少年，现如今却找不到任何感情的线索。然而，向来缘浅，奈何情深，也许正应了那句"此心安处是吾乡"吧，蚌埠给了我根的感觉。岁月就像一场旧电影，看着看着就情不自禁泪流满面了，任时光匆匆，总有些许精彩的镜头不经意间浮现在眼前，挥之不去。就是这些记忆深处的零星碎片拼凑在一起，伴我度过了在蚌埠的三千多个日夜，这心境又岂是"一壶浊酒喜相逢"所能抒发的？

心里有城　城中有河

　　九年，不觉间心里住进一座城。我是有淮河情结的。小学时，学过"一条大河波浪宽，风吹稻花香两岸"，那时并不知广义的大河中有一条叫淮河；中学时，从地理课本上获悉淮河是我国七大河流之一，鉴赏了"走千走万不如淮河两岸"的佳句，那时还不清楚淮河两岸是什么样子，更未想过此生竟与淮河结下不解之缘；大学时，居于淮北，与淮河更近了，却仍无缘相见。直到 2009 年 8 月大学毕业后，我被选调到蚌埠工作，正式报到那天，是我第一次见到淮河，当时震撼而激动的心情，至今仍留在我的记忆深处，就像淮河在这里静静地等了我二十四年……

　　时过境迁，当今天自己工作在淮河南，居住在淮河北，穿行在淮河桥，渴饮淮河水时，真是别有一番欢喜在心头。在我的认知里，除了蚌埠，没有任何一个城市可以和淮河有如此亲密的接触了。在蚌埠工作的九年里，我经历了从三年城市大建设到经济发展新常态、从合芜蚌自主创新区启动到全国文明城市创建成功等重大发展改革节点，蚌埠发展的九年，也是我成长的九年。作为三百八十万蚌埠人之一，想起自己曾经参与过、感受过这个城市的发展历程，幸福感油然而生。

早就想写一写心中的蚌埠，恰好赶上自己人生的九年。我想，你如果要了解一个地方，就不能道听途说、走马观花，要像恋爱中的男女一样朝夕相处、日久生情。九年里，我翻阅了大量的书籍，走过形形色色的街巷和桥梁，到处寻找着她的芳踪和足迹，本以为对她已经很熟悉了，却未料到真正拿起笔还是无处落笔：只因爱得如此深沉，才怕才疏学浅，描绘不出她的神韵吧！

城中有景　景中有情

蚌埠是座历史悠久、文化底蕴深厚的城市，古乃采珠之地，素有"珍珠城"的美誉。自古至今，有七千年前华夏文明重要组成部分——双墩文化的辉煌时代，有大禹治水"三过家门而不入"的美丽传说，有楚汉相争"四面楚歌""十面埋伏""霸王别姬"的悲壮故事，有人民解放军剑指江南"打过长江去，解放全中国"的豪情伟业……相对于波澜壮阔的历史画卷，我更钟情于蚌埠的美丽和多情。

先说这多情。来蚌埠九年多，仿佛只识冬夏，却不知有春秋。蚌埠四季分明，气候温和，春天和秋天很短，来去匆匆；冬天和夏天较长，恋恋不舍。都知道秦岭和淮河是中国南北方的分界线，而蚌埠又位于淮河的中段，庄严巍峨的南北方分界标志"火凤凰·龙"雕塑在龙子湖西畔直指天际。可记得 2015 年那部轰动全国的最美形象片《印象蚌埠》？"北方说你是南方，南方说你是北方，北方和南方牵着手，坐在高高的淮河岸上。"这就是多情的蚌埠，一个融合南北方文化的地方。它既有北方的豪迈粗犷，又有南方的细腻婉约。

说起蚌埠的美丽，就不得不提龙子湖，那也是我最钟情的地方。每每与外人道，常常以蚌埠人自居，自诩"上海浦东，蚌埠淮上；杭州西湖，蚌埠龙子湖"，为此屡被好友取笑为自吹自擂。然外面再美始终是异乡，淮上、龙子湖才是身边最真实的美好，也是心底真正的寄托。龙子湖是全国较大的城市内湖之一，三面环山，山水相依。湖的北面，与淮河隔堤相望，互通有无；南有大小儿条沟渠，是龙子湖的发源地，大明园、湖上升明月、新体育中心与之毗邻；西侧有雪华山、梅花山，山体植被茂盛，青山绿水，景色宜人；湖东岸有曹山（分南、北两峰，又称"双龙山"）、锥子山，绵延起伏，烈士陵园、汤和墓和栖岩寺隐于山中。我喜欢春天踏青，领略鹅黄柳绿，生机盎然；夏日观"海"，领略碧波荡漾，湖风清凉；秋天赏景，领略秋叶静美，芳草萋萋；冬日漫步，领略日暮青山，生态氧吧。

说起蚌埠的美丽，四岁的女儿最喜欢的地方与我却不尽相同，她常常拉着我和妻子跑进张公山儿童乐园，一玩就是一整天，乐此不疲。每逢节假日，张公山公园简直就是孩子们的天堂。相传明朝有位张姓战将，解甲归田，隐居于此山下，当地百姓尊称其张公，将此山取名张公山。

张公山公园碧水青山，景观林立。置身园中，鸟语花香，宛若世外桃源。最值得一提的还是望淮塔，登高远眺，鸟瞰蚌埠全貌，千里淮河尽收眼底，不禁浮现出"闲云潭影日悠悠，物换星移几度秋"的心旷神怡之意境。

所去经年　永如初见

你若美好，一定会遇见美好，唯愿所有的美好都永如初见。

我是一个北方人，生就性格豪爽，一直向往着风的洒脱。蚌埠人的性格也是直来直往的，与我的性格竟是如此相合。融入了蚌埠，就必须接受蚌埠的酒文化，酒杯一端，全场群情激昂，要么站起或拎壶"打的"挨个敬一圈，要么举起大杯齐敬大家一口喝完，嘴里还彬彬有礼地说："我喝完，大家随意。"（蚌埠叫"炸个罍子"。）这是一种"曾因酒醉鞭名马，生怕情多累美人"的潇洒奔放的情怀。第二天酒醒，才惊觉蚌埠并不仅仅是自己的，那种江湖的快意恩仇也就一笑而过吧！

习惯了蚌埠的风土人情和生活节奏——不疾不徐、恰到好处，这是一个宜居宜业的城市。近两年，蚌埠发生了两件大事——成功创建"全国文明城市"和顺利举办"安徽省第十四届运动会"，在蚌埠大事记上写上了浓墨重彩的两笔。略过政治大事不谈，单说我们身边的变化：街道四通八达，车辆礼让行人；店铺整齐划一，餐饮安全卫生；言行文明礼貌，社会和谐美好；"亮化"光彩迷人，幸福感节节攀升。蚌埠，正迈着铿锵有力的步伐一路前行。

我喜欢运动。2017 年 4 月，禁不住好友"忽悠"，参加了一次百里毅行，想不到从此竟迷上了运动。蚌埠是一个全民健身的城市，尤其前不久举办了省运会，气势恢宏的新体育中心落成，再一次掀起了全民健身的热潮。各种运动协会如雨后春笋般涌现，我也不甘落后，先后加入了"兄弟姐妹徒步队""珠城东北大秧歌队""超级马拉松协会"，由宅男华丽转身为运动达人，体验着徒步的慷慨激昂、大秧歌的欢庆吉祥、跑步的自信活力、骑行的速度与激情。那段时间，我和队友们几乎走遍了蚌埠的每一个角落，正如歌中所唱："我一路看过千山和万水，我的脚踏遍天南和地北……"重要的不是从什么时候开始，而是开始之后就不要停止。愿健身这条路我们一起走下去，不仅为了纪念曾经一起走过的美好岁月，而且为了往后余生，可以在星光斑斓里纵情放歌。

蚌埠是一座南北交织、火车拉来的城市，铁路、公路、水路，路路畅通。既然淮河穿城而过，应运而生的自然是数不尽的桥，就是在那段岁月里，我走过了蚌埠千姿百态的桥。2018年初，我专程骑行欣赏蚌埠的桥，一路上共途经九座桥，行至长淮卫淮河大桥时，看水天一色波光潋滟，忍不住诗兴大发："烟飘万里锁淮河，千帆竞过；龙腾两岸荡天涯，一骑独行。"回忆起来，那的确是一次美丽的邂逅。解放路立交桥四通八达、川流不息，是我上下班必经之路，每当华灯初上时，从远处眺望，它就像一只翩翩起舞的彩蝶。每天在桥下与络绎不绝的陌生人擦肩而过，不知道他们是谁，也不知道他们从哪里来，将要去何方，但我知道他们都在为了心中的美好而奔波，一瞬间心里就豁然开朗了。

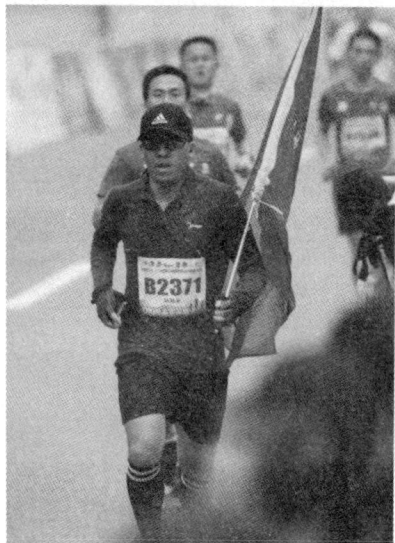

爱我所爱　无问西东

深夜，周围万籁俱寂，我喜欢在这样的夜晚奋笔疾书，听着笔尖在纸上游走时发出的沙沙声，就像春蚕欢快地吃着桑叶，又像细雨肆意地飘零。伴着一盏孤灯、一张圆桌，有时是一壶老酒，有时是半杯香茗，天马行空地写着《玖年》，织着那张无形的思念的网，对逝去的时光致以最后的离殇。透过玻璃窗，眺望淮河对岸，依然是万家灯火，只是笼罩了一层夜的寂静，泪和霓虹迷蒙了眼睛。告别了这个九年，又将迎来新的九年，只是再也分不清到底是你的九年、我的九年，还是蚌埠的九年。唯有爱我所爱，无问西东。

——作于 2018 年 11 月 30 日

肆 源远流长

禹会涂山， 夏兴之地

山浮日月白云边，

林隐溪泉玉岭间。

风涛话禹夏兴地，

石刻铭勋万古传。

——《涂山》

禹会涂山，夏兴之地。涂山因大禹而闻名天下，大禹联涂山方成就了王图霸业。大禹传奇的一生主要分几个阶段，其中最辉煌的阶段应该是在淮河岸边的涂山。

第一阶段为子承父业，治理洪水。要探寻大禹的生平，就要从中华的远古时代究源。从盘古开天辟地、女娲捏泥造人的神话，到远古伏羲氏结网捕鱼、观天察地画八卦，燧人氏钻木取火，神农氏遍尝百草的"三皇"时代，再到上古"五帝"（"人义始祖"黄帝、"绝地天通"颛顼、"共祖"帝喾、贤帝尧与舜）时代，中华文明经历了漫长的岁月沉浮。舜掌权时，成立了议事机构，成员包括大禹、皋（gāo）陶（yáo）、契（xiè，殷商始祖）、后稷（西周始祖）、伯夷、夔（kuí）、龙、倕、益，禹任司空一职，主平水土。《山海经·海内经》载"黄帝生骆明，骆明生白马，白马是为鲧（gǔn）"，又载"洪水滔天，鲧窃帝之息壤以堙洪水，不待帝命。帝令祝融杀鲧于羽郊。鲧复生大禹。帝乃命禹卒布土，以定九州"。

《史记·夏本纪》说大禹是"黄帝之玄孙而帝颛顼之孙也"。无论是通过远古的神话传说，还是后世的历史记载，大禹主要活动的具体年代都无法一一考证，但是大禹子承父业、接替父亲鲧治水的神话，却隐含着非常重要的史实意义。

相传，距今四千多年，帝尧在位的时候，黄淮流域发生了大洪水，中原地区的民众被围困在山冈上，生活十分困苦。《尚书·虞书》描述水害："汤汤洪水方割，荡荡怀山襄陵，浩浩滔天。"《孟子·滕文公》对水害又做了进一步描述："当尧之时，天下犹未平，洪水横流，泛滥于天下。草木畅茂，禽兽繁殖，五谷不登，禽兽逼人，兽蹄鸟迹之道交于中国。"可见，洪水的灾害已经威胁到了远古人类的生存。于是，尧召开部落联盟会议，协商治水的问题，四方部落首领一致推荐禹的父亲鲧。鲧临危受命去治水，他沿用传统方法，用息壤筑堤打坝，以堵塞水路的方式治水。结果，洪水更加泛滥肆虐，九年时间仍没有从根本上解决洪水问题，被代尧摄政的舜杀死于羽山。舜即帝位之后，禹又被"四岳"推荐，继承父亲鲧的事业，继续治理洪水。

还有一种说法，说鲧治水是有功的，并质疑鲧治水没有取得显著效果就被杀死是不合情理的。此说法认为当时在部落联盟内部对领导权的争夺已经很激烈，尧欲传天下给舜，但鲧不同意。鲧当时发明了城郭，还是一位很有经验的治水专家，故威望很高。他想使夏部族成为联盟的领导部族，他自己做盟主。于是，鲧联合其他部落共同反对尧和舜。尧感到了威胁，指示舜将鲧杀死于羽山。所谓

《尚书·尧典》"流共工于幽州，放驩兜于崇山，窜三苗于三危，殛（jí）鲧于羽山，四罪而天下咸服"，就是为了杀一儆百，加强统治。舜为了获得夏部族的支持，便让鲧的儿子禹继承其父职位领导治水。（此段请详参《韩非子·外储说右上》《淮南子·原道》。）关于鲧之死，我们无法定论，但从侧面也说明了在大禹领导的夏部族与女娇领导的古涂山氏国联姻前，夏部族的力量还是不够强大的。

大禹接任父职后，就同伯益等助手商量治水方案，在总结前人，特别是父亲鲧治水经验的基础上，决定采用疏导的方法治理洪水。他主张从源头开始，疏通河道，然后治理中下游的水患，最后引洪入海。

第二阶段为联姻涂山、劈山导淮。大禹一心为公，只想着治理洪水，将个人的婚姻都置之脑后，当他带人来到涂山的时候，已经到了三十而立的年龄，还单身一人。大家都很为他着急，纷纷劝说他该娶个媳妇安家了。大禹说："我该娶妻的时候，一定会有某种征兆。"前两年的热播剧《三生三世十里桃花》中的青丘女帝——白浅上仙的原型实出自《山海经·南山经》"其状如狐而九尾，其音如婴儿"的九尾狐。青丘到底在什么地方暂不去论，相传，恰恰大禹在涂山就遇见了九尾白狐。一日，夜幕降临，大禹行走于涂山南坡的古道旁，身后响起刺拉、刺拉的声音，回头一看，一只雪白的九尾狐跟着他，毫无怯意，走起路来摇摇摆摆，可爱极了。就这样一路尾随，走着走着，它就越身钻进了山洞。大禹很不舍，在洞口久久等待，却不见九尾狐再出来。至今，在涂山东北坡的密林之中，仍有一山洞，洞中常有狐狸出没，就是传说中的白狐洞。

第二天，大禹在昨晚遇见白狐的古道上，遇见了年轻貌美、才华出众的古涂山氏国首领女娇，她那桃花一样粉红色的笑脸，两汪水灵灵、会说话的大眼睛，一下子打动了大禹的心。大禹数年来风里来雨里去，为民治水、甘于奉献的事迹，也早已赢得女娇的倾慕，她愿意与大禹结为夫妻，帮助他疏导淮河，为民除害。两人一见钟情，难舍难分，择定吉日，在古道旁的台桑石前结为夫妻。婚后，女娇高瞻远瞩，让大禹分掌古涂山氏国的统治权，并为大禹生下了儿子启。大禹与女娇的联姻，深层的意义是促进了华夏与东夷两大氏族集团的联盟和融合，有利于汉民族的形成。当代著名的历史学家吕振羽在《史前期中国社会研究》一文中指出："禹娶于涂山氏，禹发迹也从涂山氏，禹常会诸侯于涂山，涂山不啻成了禹的根据地。"可见，当时夏部族的实力在涂山得到了空前的巩固和加强。

这里要重点说一下古涂山氏国的由来。古涂山氏国是"九夷"（合称东夷）中淮夷人的国度，淮夷是个古老的强盛族群，是江淮地区诸夷的总称或古称，淮河便因淮夷而得名。据诸多史籍记载，古涂山氏国建立的时间比较早，名声很大，物华天宝，人杰地灵，到了女娇统治时期达到了鼎盛，农业和手工业相对比较发达，淮河中游成为最富饶的地区。今日，先后发掘的钓鱼台遗址、梅孤堆遗址、老墩遗址、下王村遗址、丁庙遗址、双墩遗址等，都应是当年古涂山氏国先民们的聚居地。然千里之行始于足下，九层之台起于累土，古涂山氏国的辉煌也不是一蹴而就的，它应有一个长期的积累与发展的过程。根据考古发掘，距今七千多年的双墩人早于古涂山氏国人三千多年即已创造了灿烂的双墩文化（详见《悠悠淮河水》），因此，双墩人很可能就是古涂山氏国的先民。就地域而言，双墩遗址位于古涂山氏国的辖区内，离涂山距离很近，双墩刻画符号中，有个"太阳与山"的图形，仿佛告诉我们双墩位于涂山之东不远处。就名称而言，古涂山氏国的"涂"字像极双墩刻画符号中的"干栏式建筑"象形符号；就生产技术而言，出土的大量文物，说明了双墩人创造的灿烂的双墩文化为此后兴起的古涂山氏国的繁荣昌盛做出了重要铺垫。

《吕氏春秋》载："禹娶涂山氏女，不以私害公，自辛至甲四日，复往治水。"《史记·河渠书》载："禹抑鸿水（即洪水）十三年，过家不入门。"大禹在新婚第四天，就告别了妻子，忙着治理洪水，这一去就是十三年，其间曾多次经过涂山一带，但因治水事务繁忙，也没能回家看望，留下了"三过家门而不入"的佳话。而女娇也以大局为重，一方面派淮夷人助大禹治水，一方面悉心培养启，主持古涂山氏国生产发展工作，使涂山富甲一方，巩固了禹的后方根据地。无论是大禹与女娇相遇时动人的情景，还是被千年传颂"不以私害公"的感人事迹，都像一道耀眼的光环，照亮了大禹和女娇千古神圣的形象，也成为后人学习的楷模。

在涂山氏女和古涂山氏国的鼎力帮助下，大禹集中精力治理洪水。为了测量地形，规划洪水的流向，大禹背着准绳、规矩等测量工具，一年四季奔波在黄淮流域组织施工。茫茫九州，皆有禹迹。"导淮入海"在中华文明的演进过程中尤为重要，它成为大禹治水的重要里程碑。当治水队伍来到淮河源头桐柏山时，因山区地势高、水害较轻，山区的部落首领无支祁带领民众阻碍施工，还搞破坏。大禹带领诸侯三上桐柏山大战无支祁，最终将其擒拿，关押在涂山脚下淮水之滨，这件事被后世人传颂为"禹锁无支祁"，也演绎出了很多神话故事。有故事传说无支祁是一个怪物，被大禹收编，改恶从善，真心帮助大禹导淮，因他对水势比较了解，对大禹治水发挥了很大作用。久而久之，后世祭拜的淮渎大神就成为被大禹降服的涡淮水神无支祁，淮庙就是为祭祀这位淮神而建。鲜为人知的是，无支祁还有一个更加耀眼的身份，他就是《西游记》中孙悟空的原型，被明代的吴承恩写成了小说的主人公，把我国浪漫主义文学推向了新的高峰。

大禹擒拿了无支祁后，沿淮河一路向东疏导，直到荆山峡。那时涂山和荆山乃一脉相连，挡住了洪水的去路，浩荡的洪水淹没了淮河两岸南北大地。而淮水，也在涂山之南漫流，田地和人畜都遭到了侵害，百姓们纷纷逃往山丘、大树上避难。大禹就组织力量，把荆、涂两山的底部劈开，让淮水从山峡流出，涡河入淮口的洪水在涂山之北注入淮水。大禹乘胜追击，指挥大家将淮河与泗水、沂水相汇，引洪水从淮河入海口云梯关（后人命名）流入东海。

第三阶段为大会诸侯、铸造九鼎。历经千辛万苦，大禹指挥诸侯、百姓，终于取得治水的成功，中原的洪水经过疏导均由黄、淮顺流到海。大禹又指导民众从山上搬到平原居住，疏通沟渠、发展农桑、饲养牲畜，使民众的生活得到了很大改善。帝舜召集各氏族部落酋长举行庆功大会，并赐给大禹玄圭（黑色的玉琢磨而成）以褒奖他的丰功伟绩。众人一致推荐禹为部落联盟的首领，帝舜即宣布禹为自己的接班人，中原各部落逐步形成以夏部族为中心的格局，势力范围达到江淮流域。帝舜逝世，禹守孝三年后，即帝位，担任部落联盟的最高领袖。据史料推算，此时距禹娶涂山氏女已有二十载。

禹即位第五年，遵循"五年巡狩"的制度，再次来到淮水中游的故居涂山，召开部落首领大会，举行涂山会盟，统一法度，确定大政方针。《左传·哀公七年》载："禹会诸侯于涂山，执玉帛者万国。"足见当年万国来朝的盛况和大会规模之宏大。大会取得了圆满的成功，中华民族的九州方圆从此确定。快结束时，目无法纪的防风氏部落首领故意来迟，扰乱诸侯朝会。为严明法纪，大禹下令斩杀防风氏，至今淮河岸边的曹家湾尚有防风冢遗址。禹会诸侯的地方在涂山之南的禹墟，从唐代起已命名为"禹会村"。近年相关人员对禹会村遗址进行了科学发掘，考古发现禹会村的地下埋藏着面积巨大的史前祭祀遗址，并出土了大量的陶片、木炭和兽骨，经中国社会科学院考古研究所碳14实验室对出土文物进行测试，确定其年代是龙山文化晚期，与禹会诸侯时期刚好吻合。此发现唤醒了沉睡的禹会村，带领我们穿越历史的时空隧道，再次感悟大禹王权与德治的统一对中华民族数千年的影响。

《史记·五帝本纪》称禹："披九山，通九泽，决九河，定九州。"大禹巡狩归来，将涂山之会各州进献的铜器铸造成九鼎，即冀州鼎、兖州鼎、青州鼎、徐州鼎、扬州鼎、荆州鼎、豫州鼎、梁州鼎、雍州鼎，定华夏九州，并在各州的鼎上铸上该州的山川风物和奇禽怪兽，其气势恢宏壮观。（关于九州详情，请参见《尚书·禹贡》。）此后，九鼎成为国家祭祀典礼中最神圣的器物，夏、商、周三朝一直传承。东周末期，战事不断，九鼎突然消失得无影无踪，至今下落不明，成为千古之谜。但是禹作为上承三皇五帝、下启夏商周的关键性节点式人物是毋庸置疑的。

相传，大禹晚年巡狩东南，病逝于会稽（今浙江绍兴）。按照禅让制和大禹的遗嘱，将天下传给了伯益。但启在涂山氏女的精心哺育和教诲下，已成长为一位胸有雄才大略的青年，被立为"涂山氏之子"。经过多年的发展，启领导的古涂山氏国成为富甲天下的文化之邦，启在部落联盟中的威望和贤明已远远高于伯益。在诸侯的鼎力拥戴下，启走出了涂山，取伯益而代之，登上了天子之位，废除禅让制，实行世袭制，建立了我国第一个世袭制朝代夏朝。启掌权后，因怀念母亲和故国，曾三次返回涂山祭母和探望乡亲，并收集当地歌谣创作古乐，从而出现"万舞翼翼，章闻于天"的盛况，促进了华夏文化艺术的繁荣。故涂山乃夏兴之地。

两千多年前，爱国诗人屈原作诗篇《天问》："禹之力献功，降省（xǐng）下土四方。"肯定了大禹伟大的治水业绩。唐代大文豪柳宗元作《涂山铭》歌颂道："有夏德配于二圣，而唐虞让功焉。功冠于三代，而商周让德焉。宜乎立极垂统……涂山岩岩，界彼东国。唯禹之德，配天无极。"认为大禹的道德与尧、舜相当，而功勋胜过尧、舜；大禹的功勋居夏、商、周三代之首，而道德水平则高于商汤王和周武王。因而可以建立最高尚的道德传统，留给后世。当代众多文人、学者纷纷写文章或题词歌颂大禹与涂山，实则，大禹精神已超越了神话故事本身，成为大家共同学习的典范：唯有天下为公，崇尚实干，方能不负韶华。

清晨，天空铺满了云，似团团绒棉，若叠叠鱼鳞，又像层层羽毛。我奔跑在淮河岸边的林间小径上，听着那熟悉的《远走高飞》的旋律，看被风吹过的夏，张开双臂准备拥抱第一缕阳光，不觉莞尔，正是"乘风破浪季，扬帆正当时。莫道飞花雨，侪辈更奋蹄"。

——作于 2020 年 8 月 10 日

我读《山海经》之失落的天书

这几口，我迷上了《山海经》。每口十点之后，趁夜深人静，总是习惯于读上几页《山海经》，一边读一边标记，沉浸在这本上古奇书中的珍禽异兽和神话传说中，就像无意间撞开了一座上古时代的宝藏，痴心如醉，无法自拔。

还记得以前，一听说身边谁在研究《山海经》，就既崇拜又疑惑，并投以难以置信的目光，因为《山海经》在我的心中始终都是晦涩难懂、高深莫测的存在，是"怪力乱神"的奇书。

我最早接触这本书，是在 2018 年春节，当时为了探寻华夏文明、淮河文化的起源而在书店与之相遇，但在从书中找到"大禹治水"的神话和"淮水出余山"的记载后，就浅尝辄止了，随后这本书在我的书柜里沉寂了三年。直到前段日子，看到关于三星堆遗址出土文物的解说中屡屡提到《山海经》，才再次捧起这本书细细研读，谁料竟如获至宝，一时爱不释手。

"得好友来如对月，有奇书读胜观花。"效仿晋代大诗人陶渊明，在春夏之交，静坐于南窗下，"泛览周王传，流观山海图"，岂不是人生一大乐事？此不亚于一场说走就走的旅行，在精神的殿堂里探访古人的诗和远方。然《山海经》博大精深，故我的所思所想仅代表个人观点和所好，亦不敢妄加评论，以免贻笑大方。

《山海经》是一部上古奇书，在中国浩如烟海的古代典籍中享有极高的荣誉，被誉为"失落的天书"，居"上古三经"之首。司马迁写《史记》时说："至《禹本纪》《山海经》所有怪物，余不敢言之也。"这是由于《山海经》的成书年代久远，其中的很多记载已经无法考证了。

《山海经》全书原共22卷，现存18卷，其余4篇内容早已失传。现存的篇目中有《山经》5篇、《海外经》4篇、《海内经》5篇、《大荒经》4篇。据有人统计，全书共记载大约40个邦国、550座山、300条河流，以及数不胜数的众多神怪蛮兽。翻开书，就像观览一幅幅神奇的远古生活画卷，囊括了历史神话、天文地理、部落民族、宗教民俗、医药物产、虫鱼草木等方方面面，既是古老的地理人文志，又是中华民族的文化之根、智慧之源。鲁迅先生曾评价《山海经》"让我看到了传统文化蕴藏的无限潜在价值""是我国流传至今体系最为完整的志怪奇书"，还写了一篇《阿长与〈山海经〉》的文章，可见，鲁迅先生对其深深热爱之情以及该书对鲁迅先生的深刻影响。《山海经》为后世的艺术创作提供了取之不尽、用之不竭的灵感源泉，无论是古代的诗词歌赋、文学著作，还是当代的影视剧、绘画作品，其中都经常能看见《山海经》的影子。

九 尾 狐

《山海经·南山经》云："青丘之山……有兽焉，其状如狐而九尾，其音如婴儿，能食人，食者不蛊。"九尾狐是大家所熟知的上古神兽，这段话说青丘山中生活着一种野兽，形状像狐狸，长着九条尾巴，发出的声音就像婴儿的啼哭声，很凶猛，能吃人，但吃了它的肉就能使人不受毒气侵袭。这是九尾狐最原始的形象。上古神话中将九尾之狐视为太平之瑞兆。

先秦《涂山歌》："绥绥白狐，九尾庞庞。我家嘉夷，来宾为王。成于家室，我都攸昌。"这首歌谣就记述了一段关于九尾狐的神话传说。相传，大禹治水来到涂山，一天夜里在涂山南坡的古道旁，遇到了一只雪白的九尾狐。第二日，大禹在前一晚遇见白狐的古道上，遇见了古涂山氏国首领女娇，两人一见钟情，遂成就了一段千古传颂的美满姻缘。一年后，女娇生下了启，启长大后，建立了夏朝。

故有"夏之兴也以涂山"之说。九尾狐则被视为部族兴旺发达的征兆，也有人说女娇就是九尾狐的化身。

到了汉朝，符命思想盛行，于是本来作为图腾神而存在的九尾狐也被符命化了，成为太平、祥瑞、兴旺甚至贞洁的象征符号，蒙上了一层神秘的面纱。直到魏晋南北朝时期，九尾狐的形象一直都是比较正面的，这源于它的三个特性：一是它死后，头必朝着出生的方向，寓意不忘本；二是九尾蓬松，象征着后世子孙繁衍昌盛，人丁兴旺；三是美丽善良、品德美好，被视为高贵纯洁的象征。魏晋郭璞作《九尾狐赞》："青丘奇兽，九尾之狐；有道翔见，出则衔书；作瑞周文，以标灵符。"

然随着时间的推移、历史的演变，到了后世，狐之善良、祥瑞、品德美好逐渐被奸诈、凶恶、品质恶劣所取代，人类对狐的敬仰、喜爱之情也变成了厌恶和恐惧。宋代苏籀（zhòu）诗云"预求补益三年艾，深识妖邪九尾狐"，黄庭坚诗云"山围少天日，狐鬼能作妖"，苏轼诗曰"丹砂紫麝不用涂，眼光百步走妖狐"，等等。待明朝《封神演义》一出，九尾狐惑君祸国的妖魔形象更加深入人心，一直沿用至今，影视剧《封神榜》《姜子牙》中的九尾狐都采用了这种形象。但也有例外，前几年的热播剧《三生三世十里桃花》里青丘白浅上神就采用九尾狐的上古神兽形象，深受广大观众的追捧。九尾狐正义、邪恶与否，均是出于世人之心，也不是本文讨论的重点，但初读《山海经》，不禁要问，九尾狐难道不是历史上被严重黑化的上古神兽吗？

九尾狐

九尾狐　明胡文焕本

凤　凰

　　《山海经·南山经》中有一上古神禽，历史地位还在九尾狐之上，并且自古至今都位于神坛，那就是百鸟之王——凤凰。书中云："丹穴之山……有鸟焉，其状如鸡，五采而文，名曰凤皇，首文曰德，翼文曰义，背文曰礼，膺文曰仁，腹文曰信。是鸟也，饮食自然，自歌自舞，见则天下安宁。"说丹穴山中有一种形状像鸡、身上长有五彩斑斓羽毛的鸟，它的名字叫凤凰，头上的花纹象征"德"，翅膀上的花纹象征"义"，背上的花纹象征"礼"，胸部的花纹象征"仁"，腹部的花纹象征"信"。这种鸟进食从容自如，载歌载舞，悠然自得，它的出现预示着天下太平安宁。我特别喜欢这段文字，"德、义、礼、仁、信"五字，或许正是当时古人的价值观和做人准则，又何尝不是当今的社会主义核心价值观的历史源头呢？

　　根据传说，凤凰是从东方殷族的鸟图腾演化而来的，雄鸟为凤，雌鸟为凰。传说，凤凰死后，周身会燃起大火，它会在烈火中获得重生，并拥有更加强大的生命力，这就是"凤凰涅槃"的典故。这个典故展现出一种不屈不挠的顽强精神和一种勇敢奋斗的坚强意志，现常用来比喻一个人经历了漫长的时间和人世磨难的洗礼之后，获得脱胎换骨般的改变，从浮躁、消沉、死灰一般变得成熟、稳重，人格更加坚强，精神更加独立，人生更加精彩。还记得去年，我带五岁多的女儿去看电影《花木兰》，女儿对电影情节都不甚理解，唯独记住了花木兰化成"火凤凰"的剧情，一直念念不忘。《花木兰》是根据北朝民歌《木兰辞》改编的，其中就融入了凤凰涅槃、浴火重生的传说。

其实，凤凰涅槃一说非中国古代神话，其所描绘的凤凰实指西方传说中的不死鸟菲尼克斯，只是翻译时采用了凤凰的名字。中国古代的凤凰也有自己的传说。凤凰非梧桐不栖息，追随它的群鸟数以万计，只有在天下和谐太平的时候才出现。相传黄帝时代，社会和平安定，百姓安居乐业。一日，身穿黄袍、头戴黄帽的黄帝正在大殿中祈祷，凤凰遮天蔽日地飞来，栖息在黄帝宫廷东园的梧桐树上，久久不肯离去。历史上有关凤凰的诗句更是层见叠出、耳熟能详。汉代司马相如作《凤求凰》："凤兮凤兮归故乡，遨游四海求其凰。"唐代李白诗云："凤凰台上凤凰游，凤去台空江自流。"宋代辛弃疾词云："鹏北海，凤朝阳。又携书剑路茫茫。"

　　蚌埠荆、涂二山与凤凰也颇有渊源。荆山有一池叫"凤凰池"，据清嘉庆《怀远县志》载："玉峡东南有池，深一丈，名曰'凤凰池'，相传有凤栖集，故名。"涂山有一泉叫"凤凰泉"，传说涂山西峰南麓婆婆洼的凤凰尾有一泉水清冽甘醇，晶莹如玉，引来凤凰栖此，喜饮泉水，因此得名。相传，凤是古涂山氏国的图腾，"禹娶涂山"，以龙为图腾的华夏氏族和以凤为图腾的东夷氏族融合成了汉民族，故"龙凤呈祥"与涂山也有着千丝万缕的联系。

147

西 王 母

提起西王母，大多数人首先想到的肯定是《西游记》《牛郎织女》等作品、故事中王母娘娘那雍容华贵的形象，我最初的想法也是如此。但事实上，西王母并不等同于王母娘娘，在《山海经》中，她最早的形象带有显著的动物特征。《山海经·西山经》载："玉山，是西王母所居也。西王母其状如人，豹尾虎齿而善啸，蓬发戴胜，是司天之厉及五残。"《山海经·海内北经》又载："西王母梯几而戴胜杖，其南有三青鸟，为西王母取食。"说西王母居住在玉山，她形貌像人，长着豹子一样的尾巴、老虎一样的牙齿，善于长啸，蓬散的头发上戴着发饰，是掌管着天上灾疫和五刑残杀的神。她的南面有三青鸟，专门负责给西王母取食。这就是西王母最早的形象。

在中国浩瀚的历史长河中，西王母的传说几乎贯穿了整个神话世界的始终，频繁出现。随着朝代的更替、人类宗教信仰的变化，西王母的形象也逐渐趋向于人，又不断趋于完美，到宋代才衍化成大家现在所熟知的神话中的王母娘娘。

西王母是上古神话中的一位女神仙。上古时期，黄帝大战蚩尤神，西王母曾派遣自己的弟子九天玄女前去支援黄帝，最后黄帝大胜。虞舜即位后，西王母又派人送给舜白玉环、白玉琯（guǎn）及地图等宝物，使舜得以将黄帝时期定下的九州的华夏版图扩大为十二州。传说后羿从西王母那里求得长生不死药，结果被嫦娥全部服下，才有了嫦娥奔月的故事。又传说西王母于夏代时献白玉玦（jué），详见《尔雅》。到了《穆天子传》中，西王母已变成了高贵的天帝之女（天帝就是昊天上帝，是中国神话传说中的"众神之主"），据说当年周穆王亲自西行到瑶池拜访西王母，西王母为天子作诗道："白云在天，丘陵自出。道里悠远，山川间之。将子无死，尚能复来。"意思说西王母居处遥远，能长生不死。

据《汉武帝内传》云："七月七日，于承华殿斋坐，忽有一鸟从西方来，集殿庭。上问东方朔，朔曰：'此乃西王母欲来也。'顷之王母至，乘紫云之辇，履玄琼之舄。有一青鸟似鸟，扶持王母傍。王母下辇，升殿见帝，命侍女许飞琼鼓云和之瑟。"传说中的西王母和汉武帝相会，既是人仙两界的交往，又是男女两性的相会，这时的西王母形象已是一位容颜美丽的女性神仙。三青鸟也由为西王母取食的鸟，演变成了她的信使和护卫，才有了后世李商隐诗："蓬山此去无多路，青鸟殷勤为探看。"

东汉时期，道教创立之初便把西王母奉为女仙之首，主宰阴气，因她居住在昆仑山的瑶池，又被称为瑶池金母、瑶池圣母。昊天上帝为群仙之首，与西王母对应的是男仙之首东王公。东王公的概念出现时间要晚于西王母，因秦汉时期盛行阴阳学，且西王母早就有了女仙之首的定位，为了符合阴阳学的观念，就创造了东王公，掌管众多男仙，作为道教中的阳神。西王母与东王公没有太大的关系，只是各司其职而已。

东汉之后，道教神话开始尊奉三清，西王母与东王公便被降一格，成为奉三清之命统率天下万仙的尊神。

到了宋代，宋真宗开始祭祀玉皇大帝，并把他尊奉为诸天之主。宋朝的很多神话小说、野史笔记将此观点大肆渲染和广泛传扬，玉皇大帝逐渐被民间接受，这时候，昊天上帝已慢慢退出历史的舞台。宋、元话本流传玉皇大帝是由凡夫俗子修炼得道成仙而来的，本姓张，名百忍，有女儿云云，更有"一人飞升，仙及鸡犬"的传说。玉皇大帝不像昊天上帝那样是上古时代的神，而带有浓浓的俗世色彩，反而更容易被民间接受。既然凡间帝王都有儿女，天帝自然也应该有。至此，西王母摇身一变成了与玉皇大帝对应的王母娘娘。在老百姓的心中，西王母衍化成了王母娘娘，东王公衍化成了玉皇大帝，无论是西王母与东王公，还是王母娘娘和玉皇大帝，都是一女一男，有阴有阳，成为中国神话系统不可或缺的组成部分，且被各自时代的老百姓所接受。存在即合理，无论西王母形象如何演变，相信都曾丰富过古人的精神世界，使人对生活充满着无限的期待和追求，何尝不是一种所得？

西王母　清汪绂本

上古四大凶兽

　　如果问上古四大神兽，相信大家肯定都知道是青龙、白虎、朱雀、玄武。若问上古四大凶兽，恐怕鲜有人能说出全部，《山海经》中有对其原型的记载。

　　一是混沌。《山海经·西山经》云："天山……有神焉，其状如黄囊，赤如丹火，六足四翼，浑敦无面目，是识歌舞，实惟帝江也。"说天山中住着一位神，形状像黄色的皮囊，发出的精光红如火焰，长着六只脚、四只翅膀，脑袋部位混沌一团，分不清面目，却会唱歌跳舞，它叫帝江。这里的帝江就是上古四大凶兽之一的混沌（又作浑沌）的最初形象。庄子写了一篇"七窍出而浑沌死"的故事，说南海的帝王叫"倏（shū）"，北海的帝王叫"忽"，中央的帝王叫"浑沌"。倏和忽在浑沌的地方相会，浑沌对他们很好。倏和忽想报答浑沌，见大家都有眼、耳、口、鼻，用来看、听、吃、闻，浑沌没有七窍，倏和忽就为他凿七窍。每天凿一窍，七天后，七窍出来了，浑沌却死了。汉代地理书《神异经·西南荒经》载："人有德行而往抵触之，有凶德则往依凭之。名浑沌。"意思是高尚的人走向浑沌它会抵触他，如果是恶人，便会听从恶人的指挥。所以后世根据此说称是非不分的人为"浑沌"。

二是穷奇。《山海经·西山经》中说它的形状像牛，身上的毛如刺猬身上的刺一般，发声如同狗的吼叫，能吃人。《山海经·海内北经》则说穷奇"状如虎，有翼，食人从首始。所食被发。在蜪犬北。一曰从足"。两者结合起来，就是穷奇最早的形象。传说穷奇是非不分，它会飞到双方打架的现场，咬掉有理一方的鼻子；如果有人做了坏事，穷奇却会捕捉野兽送给他，以示对作恶的鼓励。但是，穷奇也有为善的一面，是吞食恶鬼的猛兽。记得前几年看过一部盗墓题材的悬疑剧《老九门》，被剧中胸怀民族大义的"九门之首"张启山和多愁善感、有情有义的二月红深深感动。张启山身上布满天生的穷奇文身，据说他来自东北的一个张姓神秘家族，本是西王母的后裔，一直肩负着守护青铜门背后终极之谜的责任，其实这个使命或许就是要守护正义。有一段在地宫里的剧情，张启山化身穷奇与未知恶魔决斗，救大家于水火之中，这里的穷奇就是为善的守护神。

三是梼（táo）杌（wù）。《山海经·西山经》中记载："三危之山……其上有兽焉，其状如牛，白身四角，其毫如披蓑，其名曰獓（ào）狠（yē），是食人。"这是梼杌的原型。梼杌别名傲狠，又名难训，《神异经·西荒经》说西方荒野中有一兽，长得像老虎，却身披狗毛，毛长二尺，长着人的脸、老虎的脚、猪的牙齿，尾长一丈八尺，搅乱荒中，名叫梼杌。梼杌自大傲慢且十分凶残，常常被用来比喻顽固不化又态度十分凶恶的人。

四是饕（tāo）餮（tiè）。《山海经·北山经》记载："钩吾之山……有兽焉，其状如羊身人面，其目在腋下，虎齿人爪，其音如婴儿，名曰狍（páo）鸮（xiāo），是食人。"这是饕餮的原型。传说轩辕大战蚩尤，蚩尤战败被斩首，他的头掉在了地上，就变成了怪兽饕餮。亦有传说饕餮为"龙生九子"的九子之一，特别贪吃，最后竟然把自己的身体也吃掉了，只剩下一个脑袋。《春秋左传正义》有云："贪财为饕，贪食为餮。"因此，饕餮也是贪欲的象征。如今，人们常将食物非常丰盛的宴席称为"饕餮盛宴"。张艺谋导演的《长城》，依据古籍与青铜器上饕餮的形象，对其进行了现代化的创造，用墨绿色的皮肤以及狰狞的面目将饕餮搬上了银幕，给予了观众一次视觉盛宴。

关于四凶，在司马迁《史记·五帝本纪》中也有一段叙述性的文字，说从前帝鸿氏有个不成材的后代，包庇残贼，掩蔽仁义，喜欢行凶作恶，野蛮不开化，天下人称他为浑沌；少暤（hào）氏有个不成材的后代，背信弃义，厌恶忠直，喜欢邪恶的言语，无比怪异，天下人称他为穷奇；颛顼（xū）氏有个不成材的后代，不可调教，好话坏话都听不懂，凶顽无比，天下人称他为梼杌；缙（jìn）云氏有个不成材的后代，贪于饮食，图谋财物，贪得无厌，天下人称其为饕餮。以上统称四凶。舜把这四个凶恶的家伙流放到边远地区，去抵御害人的妖魔。此四凶作为上古时期四位残暴的部落首领，是被后人依此杜撰出了四种凶兽，还是借《山海经》中异兽而冠名，已不得而知，也无法定论。

窫　窳

　　关于窫（yà）窳（yǔ）的故事，《山海经》中前后共有五处记载，说明其非常重要。《山海经·北山经》载："少咸之山……有兽焉，其状如牛而赤身、人面、马足，名曰窫窳，其音如婴儿，是食人。"意思是少咸山中有一种野兽，它的形状像牛，长着红色的身子，人一样的脸，马一样的脚，它叫窫窳（也作猰貐），叫声像婴儿的啼哭声，能吃人。《山海经·海内南经》："窫窳龙首，居弱水中，在狌狌知人名之西，其状如龙首，食人。"文中两个龙首的意思是不同的，第一个龙首是指龙一样的脑袋，第二个龙首是指貙（chū）虎（一种猛兽，也长着龙一样的脑袋）。《山海经·海内西经》："贰负之臣曰危，危与贰负杀窫窳。""开明东有巫彭、巫抵、巫阳、巫履、巫凡、巫相，夹窫窳之尸，皆操不死之药以距之。窫窳者，蛇身人面，贰负臣所杀也。"《山海经·海内经》云："有窫窳，龙首，是食人。"

157

如果把几处记载综合起来，故事应该是这样的。传说窫窳原本是天神，是烛龙的儿子，人面蛇身，性情老实善良。窫窳在上古神话中的身份和地位是非常崇高的，首先，它是烛龙的儿子，烛龙就是钟山山神烛阴，是传说中能变换阴阳四季的神，被人们称作开辟神，是和盘古齐名的创世之神。有人认为烛龙就是神农氏的神化。其次，大家看各种古书，会发现上古神话中人面蛇身的人物少之又少，而且能叫上名字的都很厉害，诸如女娲、伏羲，还有就是轩辕国之人，等等。可见，窫窳的身份之高。

但是，窫窳与另一位天神贰负素来不和。于是，贰负在其臣子危的怂恿下，两人寻机联手杀死了窫窳。黄帝知道此事后，勃然大怒，下令将贰负和危囚禁在疏属山中，给他们右脚戴上脚镣，双手和头发反绑在一起，拴在山中的大树上。相传，几千年后，到了汉代汉宣帝时，工匠开凿山中的巨石，在石下发现一个石室，里面有两个双手反绑在树上的石头人，贰负和危才重见天日。黄帝不忍看烛龙伤心，就请西王母赐不死药，派巫彭等六大弟子（即古代的六位巫师）前去施救，这就出现了《山海经·海内西经》中的一幕：他们围在窫窳的尸体周围，手捧着不死药，试图令窦窳复活。也有人认为，黄帝是将窦窳作为继承人培养的，自然极力抢救。

岂料，窦窳复活后，变成了一个性格凶残的吃人的怪物。这种怪物一说龙首，居于弱水中，形状长得像貙虎，能吃人；一说状如牛而赤身、人面、马足，居于少咸山中，其音如婴儿，能吃人。后来，帝尧命令后羿将它射死了。窦窳由老实善良的天神变成性格凶残的怪物，悲剧的人生让人惋惜，也让人感慨于世事的无常。设若窦窳的故事真实存在，窦窳实际上是上古某一先人的神化，如果这人没有被杀，那么，中国上古的神话乃至远古的历史是否会被改写呢？

人面蛇身的窫窳　明蒋应镐本

独　角　兽

　　独角兽的形象中外都有，尤其在当代，很多影视剧和动画片都将独角兽搬上了屏幕，受到广大观众特别是儿童们的喜爱。如欧美电影《独角兽》《独角兽尼克》，动画片《最后的独角兽》，等等。西方的独角兽外形如白马，偶尔也有黑马，额前有一个螺旋状的角，有的还长有一双翅膀，代表着高贵、高傲和纯洁。如果追根溯源，可以在《山海经》中寻到很多独角兽，不仅比西方神话传说中的古老，而且还种类繁多，西方独角兽的形象只是其中的一种。

　　独角兽之一为兕（sì）。《山海经》中多处记载了一种类似犀牛的兽，叫兕。但凡险恶的地方，一般都会提到"其上多犀兕熊罴之类"，可见兕之凶猛。关于兕的形象，《山海经·海内南经》有详细描述："兕在舜葬东、湘水南。其状如牛，苍黑，一角。"说兕的外形像一般的水牛，通身呈青黑色，长有一只角。《论语》中有"虎兕出柙"的典故，《吕氏春秋》中有"猎云梦之兕"的野史。《山海经》中的兕，就是《西游记》中太上老君的坐骑独角兕大王，而不是有人一直认为的犀牛。

独角兽之二为狰。《山海经·西山经》载："章莪（é）之山……有兽焉，其状如赤豹，五尾一角，其音如击石，其名曰狰。"说章莪山上有一种兽，长得像红色的猎豹，长着五条尾巴、一只角，叫声像是敲击石头发出的响声，它的名字叫狰。狰是上古蛮荒之神兽，霸气外露的形象奠定了它在玄幻小说中"四皇移位，天降赤心。逐天下，服四兽，然者狰也"的霸主地位。

独角兽之三为驳。《山海经·西山经》中说，中曲山中有一种兽，形状像马，长着白色的身子、黑色的尾巴、一只角，有老虎一样的牙齿和爪子，发出的叫声如击鼓声音一般，这种兽的名字叫驳，它能吃老虎和豹子，可以防止战争。《管子·小问》篇记载了一个故事，齐桓公骑马出行，途中遇见老虎，老虎却被吓得趴在地上一动不动。桓公很惊奇，就问旁边的管仲是何缘故，管仲回答说桓公骑的马是驳马，能食虎豹，故老虎怕它，吓得不敢动。还有一个成语叫"驳马虎疑"，意思是杂色骏马很像驳，所以老虎被吓住了，颇有狐假虎威的意思。

162

独角兽之四为𤫊（quán）疏。《山海经·北山经》记载，带山上有一种野兽，形状像马，长着一只角，角上有磨刀石般坚硬的角质层，它叫𤫊疏，人们可以用它来避火。𤫊疏的形象和当代大家认知的独角兽最为相似。

独角兽之五为䮝（bó）马、之六𪋻（dòng）。《山海经·北山经》中还有两种独角兽，一是敦头山上的马，长着牛一样的尾巴，全身白色，有一只角，发出的声音如同人在呼叫；另一种是泰戏山上的𪋻𪋻，形状像羊，长着一只角、一只眼睛，眼睛却长在耳朵后面，叫声就像在喊自己的名字。

《山海经》告诉我们，天上飞的不一定都是鸟，独角兽也并不一定都以马为原型，还可以是牛、羊、豹子等，当大家震撼于西方影视剧中的独角兽、美人鱼、半兽人等影视艺术形象时，是否知道《山海经》中对此早有记载，而且更加丰富多彩呢？中华传统文化的光辉亘古不变，更令我们无比自信和自豪。

朦疏　明蒋应镐本

文鳐鱼与鸾鸟

　　此节题虽为文鳐鱼与鸾鸟，实际上是选取部分奇鱼和珍禽做一个小结。之所以把文鳐鱼与鸾鸟放在一起，是因为曹植的《洛神赋》，文中在洛神与诗人分别的时刻写道："腾文鱼以警乘，鸣玉鸾以偕逝。"说飞腾的文鱼为洛神的车乘担任警卫，众神随着玉制鸾鸟形车铃发出的叮当脆响一齐离去。诗人笔下的文鱼就是文鳐鱼，《山海经·西山经》中说，泰器山的观水中生活着很多文鳐鱼，形似鲤鱼，长着鱼的身体、鸟的翅膀、苍色的斑纹、白色的头、红色的嘴，常行西海，游于东海，夜里时常跳出水面飞行，发出的声音和鸾鸟的叫声相似，它只要一出现，天下就会获得大丰收。又据《山海经·西山经》记载，鸾鸟是一种仅次于凤凰的瑞鸟，形状像长尾野鸡，身上有五彩斑纹，叫声契合五音，悦耳动听，只要它一出现，天下就会安宁。《山海经》中如文鳐鱼与鸾鸟般的奇鱼珍禽还有很多。

　　《山海经·南山经》记载，柢（dǐ）山上有一种叫鲮

（lù）的鱼，形状如牛，生活在丘陵之上，有蛇一样的尾巴，有翅膀，长于胁下，叫声如留牛一般，夏天醒着，到了冬天就开始冬眠，有人说就是穿山甲；青丘山的英水中有很多赤鱬（rú），形状和鱼相似，长着人一样的脸，发出的声音就像鸳鸯的鸣叫，也许这就是美人鱼最早的原型吧；令丘山中有一种叫颙（yóng）的鸟，形状像猫头鹰，长着人一样的脸，四只眼睛，还有耳朵，叫声就像在喊自己的名字，它只要一出现，天下就会大旱。

《山海经·西山经》记载，崇吾山中有一种叫蛮蛮的鸟，形似野鸭，只长着一只翅膀和一只眼睛，为了保持平衡，它必须和另一只与之对称的鸟合起来才能飞行，它一出现，天下就会发生大水灾。写到这里，相信大家一定会想起白居易那句"在天愿作比翼鸟，在地愿为连理枝"的诗吧。蛮蛮就是诗中的比翼鸟。乐游山上的桃水中生长着很多鱼，形状像蛇一般，长着四只脚，以食鱼为生；章莪山中生活着一种鸟，外形像丹顶鹤，但是只有一条腿，身体为青色，有红色的斑纹，长着白色的嘴巴，它叫毕方，在中国古代神话传说中是火灾之兆。据说毕方随侍在黄帝的战车之旁，与黄帝一同争战。三危山上有一种鸟叫鸱

（chī），长着一个脑袋、三个身子，形状与雕相似，被认为是威猛和必胜的象征，因此，它在商周时期的礼器上经常出现。它同时又作为灵魂的引导者和守护者，具有神圣的性质，在汉代一些与丧葬有关的绘画中经常出现。

《山海经·北山经》记载，带山上彭水中有很多儵（tiáo）鱼，形状像鸡，长着红色的羽毛，有三条尾巴、六只脚、四个脑袋，叫声像喜鹊鸣叫，人吃了它的肉就不再忧愁；谯明山上谯水中生长着很多何罗鱼，长着一个头、十个身子，发出的声音像狗吠，吃了它的肉可以治疗痈病；梁渠山上有一种叫"嚣"的鸟，长得像夸父，有四只翅膀、一只眼睛和狗一样的尾巴，叫声如同喜鹊鸣叫，吃了它的肉可以治疗腹痛和腹泻；发鸠山上有一种鸟叫精卫，形似乌鸦，脑袋上带有花纹，白色的嘴，红色的足爪。传说精卫原是炎帝的小女儿，"精卫填海"的神话故事就出于此。

《山海经·东山经》记载，葛山上澧（lǐ）水中，生长着很多珠蟞（biē）鱼，形状如肺，长着四只眼睛，六只脚，体内有珠子，其味酸甘，吃了它的肉可预防瘟疫；北号山上有一种鸟，状如鸡而白首，鼠足而虎爪，它的名字叫𪁢（qí）雀，能吃人。

　　《山海经·中山经》记载，首山上有一条山谷叫机谷，谷中生活着许多𪃧（dì）鸟，长得和猫头鹰一样，但有三只眼睛，且有耳朵，声音像鹿的鸣叫，吃了它的肉能治疗混病；橐（tuó）山上橐水中有许多修辟鱼，形状像蛙，长着白色的嘴，叫声像鹠鹰鸣叫，吃了它的肉能治疗白癣；半石山上合水中有许多腾（téng）鱼，形状像鳜鱼，居住在水底相互连通的孔穴中，身上有青色的斑纹，长着红色的尾巴，吃了它的肉就不会长毒疮；堇（jǐn）理山中有一种鸟叫青耕，形如喜鹊，身体是青色的，眼睛和尾巴都是白色的，它的叫声就像喊自己的名字，可以用它来抵御瘟疫。青耕的外表非常普通，但它的神奇之处在于"御疫"，《山海经》在记载青耕时，竟然反常地没有记载食用它的肉有什么疗效，所以"御疫"是青耕本身的技能。其实青耕就是生活在当今中国的云南和广西的冠斑犀鸟。它还是傣族人口中的"爱情鸟"，终身不换伴侣。在雌鸟产卵和育儿过程中，雄鸟会用泥浆混拌杂物将雌鸟的"产房"封闭，只留下投食的小口，每天觅来食物喂给雌鸟和幼鸟吃。大家都知道，防止疫情传播的最有效的办法就是隔离，冠斑犀鸟这种隔离喂养的方式正是抵御疫病和天敌的最有效方式，也正好符合青耕"御疫"的描述。

《山海经》中很多看似相同的生物却不尽相同，每一种鸟、鱼、兽、神都有它们自己独特的故事，这也许就是《山海经》最迷人之处吧！

阅读《山海经》，其内容无论是传说还是现实，都源于中国源远流长的农耕文明，蕴含着顺应自然、天人合一的生活理念，经过时间的晕染，早已渗透在华夏儿女的血脉和生活里。这些优美如画的诗意经典，营造出了宝贵稀缺的美好意境，必将成为治愈人们精神焦灼的寄托，使我们的灵魂都能诗意栖居。自认为，人生有两件事情一定要坚持：一是运动，二是读书。运动让你有个好身体，坚持运动，你会越来越自信和充满活力；读书可以培养你有趣的灵魂，读书愈多你会发现自己知道的愈少，生命自然就会越精彩。这是我读《山海经》最大的收益，也终将成为自己受益一生的精神源泉。

——作于 2021 年 5 月 6 日

鸾鸟　明胡文焕本

我读 《山海经》 之遗失的文明

"欲知春与夏，仲吕启朱明。"春天即将过去，骄阳还未到来。有人说，夏日的美好，是因为风用了心。其实，雨也给了力，早晨的一场大雨彻底拉开淮河两岸夏的帷幕。五月，芳菲已是难见，唯有满架的月季和蔷薇繁花依旧，留下一院馨香。

这几日颇忙，就连晚上也无暇阅读《山海经》。中午到家，女儿送我一幅小画，上面画有一只形似雉鸡又似孔雀的鸟，下面歪歪扭扭地写着"华丽的凤凰"几个字，旁边还注着她的名字。女儿一本正经地告诉我，她憋了三天，终于画出了《山海经》中的凤凰，让人忍俊不禁。有时倒也称奇，孩童虽然识字不多，却对绘图记忆深刻。记得前些日子，我教女儿认识了《山海经》中的一些异兽绘图，今天再打开书，对有些异兽绘图，自己尚需去寻找文字注释来辨认，女儿却能直接喊出名字。忽然想起鲁迅先生在文章《阿长与〈山海经〉》中写过，带绘图的《山海经》是他小时候非常重要的启蒙读物，被视为自己最初得到、最为心爱的宝书，这可能就是鲁迅先生热爱绘画艺术的开始。女儿据图识兽的"特长"，大概也是这个道理吧！

成书之谜

　　《山海经·海外南经》开篇写："地之所载，六合之间，四海之内，照之以日月，经之以星辰，纪之以四时，要之以太岁。神灵所生，其物异形，或夭或寿，唯圣人能通其道。"如此气势磅礴的上古神句到底出自何时何人，其中的圣人又有何指？现代学者均认为《山海经》成书并非一时，作者亦非一人，是经过漫长的历史时期的发展和积累，由不同的作者相接力而写成的。《山海经》最早在司马迁的《史记·大宛列传》中被提及，称："《禹本纪》《山海经》所有怪物，余不敢言之也。"据此可断，《山海经》成书在西汉之前，至汉武帝一朝已广为流传。

　　需要指出的是，"山海经"三字中"山"似山，"海"非海，"经"非经。这里的"山"在书中均有条不紊地叙述了其所在的地理位置、走向以及山中的树木和物产，但是在当代，很多山是找不到具体方位的。这里的"海"不能简单地理解为海洋或者大海，指的是国土，"海外"是指古代中国中心区域之外未开化或尚未被人充分了解的极远之地。《山经》是以山为纲的，分南、西、北、东、中五个山系，以道路和方向为经纬，给人的印象是具体的、客观的；相对而言，《海经》是以"五服"为单位划分区域的，给人的认知是抽象的。《尚书·禹贡》记载，根据距离帝王都城的远近划有五服：国都以外五百里的地域称为甸服，甸服以外五百里的地域称为侯服，侯服以外五百里的地域称为绥服，绥服以外五百里的地域称为要服，要服以外五百里的地域称为荒服。"海内"指的是甸服、侯服、绥服的地域；而"海外"或"大荒"指的是要服与荒服的地域。这里的"经"起初也不是后世概念中的"经典"之意，而是取"经历"的意思。且《山海经》一书是固有之名，并非如其他儒家经典那样，因后人的尊崇而加以"经"的称号。经考证，在先秦典籍中，唯墨家书被称为《墨经》，儒家书如《诗》《书》《易》《春秋》等，虽后世特尊称其为"经"，但在最早出现时则尚未著"经"字。（详见袁珂先生的《海经新释》。）

《山海经》的内容，经多方证实，一部分成书于夏朝之前，如以大禹治水为代表的诸多神话传说；也有部分成书于春秋战国时期。据此推断，《山海经》是始于远古，经于夏、商、周，终于战国，经由漫长的时间而写成的，是先秦时期文人智慧的结晶。大家都知道中华民族"上下五千年"，甚至还可以上溯到更远，但与距今亿万年的侏罗纪时代、白垩纪时代相比，实为弹指一挥间。从恐龙消失后，哺乳动物逐渐统治世界，再到最早的人类诞生，《山海经》中的离奇故事或许就是在人类诞生后的那段漫长而没有文字的历史岁月中产生的，后通过种种途径代代相传下来，难免会有部分内容不慎佚失或发生改变。其描述的实为极其久远的历史，远远超过了人类所认知的文明区间，故司马迁写《史记》时也放弃了将这些内容作为史料来引述。

《山海经》作者之说主要有三种：一是大禹、伯益说。在我国古代的民间传说中，说《山海经》的作者是夏朝先祖大禹和他的部下伯益等。《山海经·海内经》篇尾云："洪水滔天，鲧窃帝之息壤以堙洪水，不待帝命。帝令祝融杀鲧于羽郊。鲧复生禹。帝乃命禹卒布土，以定九州。"说没有经过天帝的同意，鲧就偷了天帝的息壤来堵塞洪水，于是，天帝派祝融把鲧杀死在羽山的郊野。鲧死后，诞生了禹，天帝又命令禹治理洪水，禹最终扼制了洪水，并划定了九州。这句话放在了《山海经·海内经》的篇尾，颇有点像文章的后记。《列子·汤问》中说，大禹在带领伯益等部下治理洪水过程中曾经遍访华夏大地。相传，他们将沿途的山川地理和所见所闻记录了下米，形成了《山海图》，并将《山海图》雕刻在了象征九州大地的九鼎之上。后来，在夏、商两朝，人们根据《山海图》整理出了文字版的《山海经》。可惜的是，《山海图》在后世不幸佚失，同时佚失的还有与《山海经》联系紧密的《禹本纪》和九鼎。司马迁写《史记》，把《禹本纪》和《山海经》等同来看，可见两者应是类似的上古奇书。九鼎在东周末期因连年战事而消失得无影无踪，至今下落不明，成为千古之谜，故《山海经》的种种谜团更加难解。

二是楚国士子说。某些学者从《山海经》的写作风格和记述内容，推测其作者是春秋战国时期的楚国人。《山海经》的资料依据应该是夏朝和商朝的官方史书，当时只掌握在宫廷中的少数人手中，庙堂之外的人是很难看到的。武王伐纣建立西周后，这些文献同九鼎一起又被西周王室妥善保管起来。东周时天下开始大乱，各国诸侯纷纷问鼎中原，战争不断，一些古文献被人从中原携带至楚国，后被楚国士子辑录整理为《山海经》。

三是巴蜀先祖说。《华阳国志》载："蜀之为国，肇于人皇。"意思是说古蜀国开国之君就是人皇伏羲。传说，伏羲是人类文明的始祖，他的部族图腾是"虫"（即蛇）。伏羲与女娲双蛇缠绕交尾结合而产生了人类，交尾图腾是"缠虫"，蚕丛正是其谐音，由此推测，古蜀国国君蚕丛和伏羲有着密不可分的关系。《山海经·海内经》载："西南有巴国。大皞生咸鸟，咸鸟生乘厘，乘厘生后照，后照是始为巴人。"虽然《山海经》中没有关于伏羲氏的记载，但通过后世很多古文献记载均可推断出大皞（又作太昊）就是传说中的伏羲氏，可见巴人也是伏羲氏的后人。不少学者认为，《山海经》与巴蜀地区联系密切，书中所描绘的广阔山川地域的中心在巴蜀一带，主要神话人物也多与巴蜀有关。因此，有人认为"山经"和"海经"分别由蜀人与巴人的先祖所作。三星堆出土的青铜大立人、青铜面具、青铜神树等文物，虽然最终被鉴定为出自商朝晚期，但也证明了古巴蜀国在当时的重要地位，古巴蜀国与《山海经》中的部分记载又脉脉相通，说《山海经》的主要作者是远古的巴蜀先祖也不足为怪。

后世最早版本的《山海经》，是由西汉刘向、刘秀（曾用名刘歆）父子校刊而成的。到了晋代，著名的风水大师鼻祖郭璞为《山海经》作注，始传于世。明朝的蒋应镐、胡文焕，清朝的汪绂、毕沅、郝懿行等也是《山海经》的著名的考证、注释者。现代比较权威的校注者要数中国神话学大师袁珂先生。阅读校注版的《山海经》，更加有助于我们了解、研究这本上古奇书，但是不同的校注作者有不同的认知和观点，也有可能使《山海经》的部分释意脱离本源，让真相更加扑朔迷离。

羽人传说

羽人，顾名思义，就是长着翅膀的人。《山海经·海外南经》载："羽民国在其东南，其为人长头，身生羽。"说在比翼鸟栖息地的东南面有一个国度叫羽民国，这个国家的人都长着长长的脑袋，全身长满羽毛。这是羽人最早的形象。中国另一部上古典籍《归藏》（注：《归藏》《连山》《周易》统称为"三易"）中也有对羽人的记载："羽民之状，鸟喙赤目而白首。"说其长着尖尖的嘴巴、红色的眼睛和白色的头发。《归藏》中描写的羽人与鸟更加相似。宋典籍《太平御览》把羽人的传说又进一步美化完善，说羽人是卵生的，在远古时代，有巨鸟衔来五彩蛋放在扶桑木上，这颗蛋生出了最古老的羽人。

说起羽人，大家首先想到的肯定是现代婚庆典礼上，给新人们送去美好祝福的可爱小天使们。西方的天使们长着带有白色羽毛的翅膀，其形象源于《圣经》中伊甸园里守护长生之树的神，其"高大，生有羽翼，手持闪烁着可以任意旋转的火焰的长剑"，这里的天使却是成人男子的形象。后来，这种长着翅膀的天使形象在犹太教、基督教和伊斯兰教中广泛传播，并慢慢有了男性与女性、成人与小孩之分。两千年来，天使逐渐席卷了全世界，在今天的网络游戏和科幻影视中屡见不鲜。还有人会想到罗马神话中的小爱神丘比特，相传他是维纳斯和玛尔斯的儿子，也长有一双可爱的翅膀。他手持金弓，向青年男女的心上射出金色的箭，被射中的人就会陷入爱情，因此他被视为爱情开始的象征。这里产生了一个疑问，中国上古奇书《山海经》中早就有了关于羽人的记载，那么，中国神话中的羽人都到哪里去了呢？关于羽人的传说又为什么会湮没在浩瀚的历史长河中？

秦汉时期，传说羽人崇尚自然，擅用弓箭，以狩猎为生，主要生活在原始森林中，他们把房屋建造在树上，并奉树木和鸟类为神灵，拥有与动物交流的特异功能。到了东汉，道教创立，它的思想是追求长生不老，渴望飞天成仙。《太平御览》中说："飞行云中，神化轻举，以为天仙，亦云飞仙。"认为得道之人成为神仙后，可以在天空中自由地飞翔飘舞。可是怎样才能飞起来呢？当理想与现实相结合，就想象自己会长出满是羽毛的翅膀，恰好《山海经》中的羽人便拥有这种能力。于是，羽人开始被道教尊崇，成为神仙的形象，道士们经常自称"羽士"，就有了"羽化登仙"的传说。一时之间，上自王侯将相，下至黎民百姓，对羽人的崇拜和向往无比盛行。

但是，后来印度佛教从西域传入中国，对中国的神话产生了很大的影响。受佛教文化影响，神仙也不再拥有翅膀和羽毛，而是脚踏祥云或者驭乘各种飞天神兽。以明朝小说《封神演义》为例，至此，中国神话故事里的羽人就只剩下了两名，即雷震子与雷神。有许多人认为雷震子和雷神是一个人，这种观点是不对的。相传，雷震子是周文王的第一百子（义子），随武王伐纣，一路打至朝歌，立下了赫赫战功。书中记载其"面如青靛，发似朱砂，眼睛暴湛，牙齿横生，出于唇外；身长二丈，力大无穷，肋下生'风''雷'二翅，使用一条黄金棍"。因面貌丑陋，又生有一双翅膀，雷震子经常被当成妖魔。其实，他才符合先秦神话故事中真正的神仙的形象——源自《山海经》中的羽民国。而雷神名叫辛环，长得虽和雷震子相似，也比较丑，且肋下生翼可以飞，但他使用的武器是锤子配錾子。

《西游记》里经常闪亮登场的天神雷公、电母，其中雷公就是雷神辛环。相传，辛环的出身是黄花岭的土匪，被朝歌闻太师收服，归于座下，征战西岐。雷震子和辛环在战场上立场不同，各为其主，后在西岐大战中，辛环被雷震子一棒打死。但让人意想不到的是，在《封神演义》中，辛环死后被封为雷部正神，"兴云布雨，万物托以长养；诛逆除奸，善恶由之祸福"。而雷震子死后未被封神。同样是羽人，人生的轨迹和命运却大相径庭，不禁让人费解，也只有作者深知其意了。

我们不经意间会联想到以羽毛为文化中心的印第安人，他们经常以羽毛作为自己的头饰和佩服，并且根据羽毛的种类分出高低上下的等级。假如《山海经》中那个神秘的国度羽民国曾经真的存在，它与印第安人是否存在某种联系呢？不得而知，也无从定论，就像羽人的传说。

"海有舟可渡，山有路可行"，我想过成功，想过失败，但从未想过放弃。又是一年高考季，节序已过芒种。在这"芒麦收割、芒稻可种"的季节，收获与播种相遇，我们再来读《山海经》，读大家熟知的"夸父逐日""精卫填海""鲧禹治水""女娲补天"等神话传说，读"羿杀凿齿"

"黄帝战蚩尤""刑天舞干戚""共工触山"等诸神之战，定会有最美的遇见。那是洗尽铅华的从容，也是生命旅程中不可错过的华丽烟火。

——作于 2021 年 6 月 9 日

羽民　明蒋应镐本